KB114705

재능 넘치는 게이머 6

덕우 장편소설

초판 1쇄 찍은 날 § 2019년 1월 25일
초판 1쇄 펴낸 날 § 2019년 2월 1일

지은이 § 덕우
펴낸이 § 서경석

총괄팀장 § 최하나
편집책임 § 김대용
편집 § 김슬기
디자인 § 고성희, 신현아

펴낸곳 § 도서출판 청어람
등록번호 § 제387-1999-000006호
등록일자 § 1999. 5. 31
어람번호 § 제1-2997호

주소 § 경기도 부천시 부일로 483번길 40 서경B/D 3F (우) 14640
전화 § 032-656-4452 팩스 § 032-656-4453
http://www.chungeoram.com
E-mail § chungeorambook@daum.net

Contents

제31장
약팀의 반격

ESA가 상위권을 달리는 후다스 JK를 상대로 승리 포인트를 따낸 건 그야말로 대이변이다.

각종 언론들은 ESA의 승전보를 발빠르게 전했다.

매 경기가 끝난 다음, 프로 리그에서는 해당 경기에서 우수한, 혹은 인상적인 활약상을 보인 선수에게 MVP를 선사한다.

오늘의 MVP는 만장일치로 결정되었다.

강민허. 그가 오늘의 MVP를 차지하게 되었다.

개인 리그에서 승자 인터뷰를 진행했던 이화영 아나운서는 프로 리그에서도 승자 인터뷰를 진행한다.

엄밀히 말하면 승자 인터뷰가 아닌 승리 팀 인터뷰였다.

오늘 엔트리 명단에 포함되어 있었던 ESA 팀원들이 특별 무대에 올랐다. 경기를 치르지 않은 최승헌도 포함이었다.

강민허와 이화영이 서로 연인 관계라는 건 이미 널리 알려진 사실이다. 두 사람이 나란히 무대에 서는 건 이번이 처음이었다. 그렇다 보니 관중석에서는 환호성이 흘러나왔다.

이화영의 얼굴이 살짝 붉어졌다. 웬만하면 감정을 바깥으로 드러내지 않으려 노력하려고 했다. 그러나 지금 이 상황은 제아무리 그녀라 하더라도 부끄러울 수밖에 없었다.

그래도 카메라 앞에서는 역시 프로페셔널한 모습을 보였다.

"카메라 롤, 액션!"

사인이 떨어지자마자 이화영은 바로 표정을 바꿨다.

"오늘 승리를 거둔 ESA 팀 선수들을 모셔봤습니다. 어서 오세요!"

"안녕하세요. ESA입니다."

ESA 선수들이 허리를 숙이며 시청자들에게 인사를 건넸다.

가장 먼저 마이크를 든 건 프로 리그의 왕자, 김명진을 꺾은 강민허였다.

강민허가 마이크를 잡자, 장내는 다시 한번 뜨겁게 달아올랐다.

"강민허 선수. 오늘 프로 리그에 처음으로 무대에 올라서 귀중한 1승을 따냈는데. 소감 한 말씀 들려주실 수 있나요?"

"우선은 응원해 주신 팬 여러분들에게 정말 감사하다는 말을 전하고 싶습니다. 처음으로 프로 리그에 올라와서 경기를 치렀는데, 긴장도 들고 그러더라고요. 근데 팬 여러분들께서 저를 비롯해 ESA 팀을 열심히 응원해 주신 덕분에 힘을 낼 수 있었던 거 같습니다. 앞으로도 오늘과 같은… 아니, 오늘보다 더 큰 응원의 목소리 들려주시면 감사하겠습니다!"

현장 분위기를 띄우는 방법을 아는 강민허였다.

강민허의 부탁에 팬들은 응원용 피켓을 들고서 큰 목소리로 화답했다.

다음 질문이 이어졌다.

"김명진 선수와 경기를 치를 때, 이건 어렵다 싶을 때가 있었나요?"

"아무래도 여러분들도 다 아시다시피 첫 멀티샷을 맞았을 때였던 거 같습니다. 그 이후로는 딱히 고비라는 건 없었습니다."

"멀티샷을 맞은 건 의도한 거였나요? 아까 중계진이 하는 말을 들어보니, 강민허 선수가 카운터 어택을 사용할 거라는 의심을 지우게 만들기 위해서 일부러 공격을 맞았다는 분석이 있었는데."

"아, 정확하게 보셨네요."

역시 중계진은 중계진이었다. 그들은 개인 리그뿐만 아니라 프로 리그까지 로인 이스 온라인의 메이저 리그는 거의 다 담당해 오고 있었다. 그러다 보니 안목이 장난이 아니었다.

강민허의 의도를 완벽하게 꿰뚫어 봤다.

"카운터 어택을 너무 남발하면 상대방이 당연히 견제를 하니까요. 그래서 일부러 흥을 돋우게끔 공격을 몇 번 맞아준 감이 없지 않아 있습니다."

"그러다가 강민허 선수가 아웃당하면요? 강민허 선수가 다루는 캐릭터는 저렙이잖아요? HP라든지 방어력이 굉장히 낮을 텐데."

"안 죽을 정도로 회피하면 되는 거죠."

결국 피지컬로 해결하면 된다. 참으로 간단한 이야기였다.

그러나 말이 쉽지, 사실 강민허처럼 피지컬로 죽지 않을 정도의 선을 지키면서 아슬아슬한 줄타기를 할 수 있는 선수가 몇이나 될까. 기껏해야 강민허나 도백필 정도가 다일 것이다.

인터뷰를 하면 할수록 팬들은 강민허의 마인드에, 그리고 자신감에 놀랐다.

강민허 다음으로 두 번째로 승리를 거두게 된 팀전 멤버들에게 마이크가 돌아갔다.

대표로 성진성이 마이크를 잡았다.

"ESA의 성진성입니다."

"성진성 선수, 앞에서 제대로 된 탱커 역할을 보여주셨어요. 오늘 활약이 대단했다고 보는데. 자신의 경기를 스스로 평가 내리자면 몇 점 정도 줄 수 있을 거 같나요?"

"글쎄요. 한… 10점 만점에 9점 정도? 하하하하하!"

말하고도 자신이 민망해진 모양인지 어색한 웃음을 흘렸다.

하지만 팬들은 10점 만점에 9점이라는 그의 평가에 고개를 끄덕였다.

강민허의 활약에 묻혔을 뿐이지, 성진성도 대활약을 하긴 했다.

성진성이 제대로 버텨주지 못했더라면, 2세트는 후다스 JK가 가져갔을지도 몰랐다. 만약 1 대 1 상황이 된다면, 경기가 어떻게 될지 한 치 앞도 모르게 된다. 좋은 흐름을 잡았을 때 빠르게 이겨 버리는 것이 중요하다. 괜히 시간만 질질 끌다가 다 잡은 경기를 놓치게 되는 경우가 발생하게 될 테니 말이다.

마지막으로 최승헌에게 마이크가 넘어갔다.

최승헌은 뻘쭘한 듯 웃었다.

"저는 오늘 한 게 아무것도 없어서 여기에 서 있는 게 좀 민망하네요. 그래도 오늘처럼 1, 2세트 기분 좋게 다 잡아서 2 대 0으로 완승 거두는 날이 많았으면 좋겠습니다. 안 그래도 승수 포인트가 많이 부족한데, 적어도 준플레이오프에 진출하려면 남은 경기에서 착실하게 포인트 쌓아가야 하니까요."

많은 준비를 했지만, 최승헌의 차례는 오지 않았다.

그래도 최승헌은 대만족이었다.

팀이 이겼는데, 어찌 불만을 표할 수 있겠나. 경기 안 해도 좋으니까 매 경기가 오늘만 같아라 하는 생각이 들었다.

인터뷰를 마치고 대기실로 향하는 이들.

강민허는 잠시 이들에게 양해를 구했다.

"김명진 선수랑 인사를 못 나눈 거 같아서요. 인사 나누고 오겠습니다."

그때, 최승헌이 강민허를 만류했다.

"아서라. 김명진 선수는 그냥 놔두는 게 좋아."

"왜요?"

"그 선수, 멘탈이 굉장히 약한 편이거든. 경기 끝나고 웃으면서 상대 선수랑 악수할 정도로 멘탈이 좋은 선수가 아니야. 가면 무슨 반응을 보일지 모르니까 그냥 얌전히 있는 게 좋을 거다."

"그렇군요. 그렇게 하겠습니다."

강민허는 상대 선수의 멘탈을 일부러 박살 내버리러 갈 정도로 악독한 프로게이머는 아니다. 상대가 싫어한다면, 굳이 찾아갈 필요가 없다.

    *   *   *

오랜만에 승리를 거두게 된 ESA.

그러나 아직 순위는 낮은 편이었다.

12개 팀 중에서 9위. 상당히 낮았다.

여기서 다 이겨봤자 플레이오프는 어차피 들지 못한다. 그럴 바에야 처음부터 준플레이오프를 노리는 전략을 안고 가는 편이 좋아 보였다.

목표를 한 단계 낮췄다 하더라도 고단의 길은 여전하다.

남은 7경기에서 최소 6경기를 이겨야 한다. 6승 1패가 마지노선이다. 5승 2패조차 용납할 수 없다.

물론 5승 2패를 더하게 된다고 해도 다른 프로 팀들의 경기 결과에 따라서 준플레이오프에 진출하느냐 마느냐가 결정될 수 있다. 7전 6승 1패는 자력으로 진출이 가능한 최하 기준을 의미한다.

허태균 감독은 기왕이면 6승 1패를 기준으로 놓고 경기를 펼치고 싶었다.

그래도 상황이 어려운 건 마찬가지였다.

만약 최근 경기에서 강민허가 김명진을 꺾지 않았더라면, 그리고 그 경기를 이기지 못했더라면 ESA는 준플레이오프 진출을 위해 남은 경기를 전부 다 이겨야 한다는 엄청난 압박감에 시달렸을지도 모른다.

　최악의 상황은 면했으니 천만다행인 건 맞지만, 그래도 상황이 엄청 괜찮은 편은 아니었다.

　그래도 이 다음 주에 있을 프로 리그 경기는 그나마 나았다. 후다스 JK라는 어려운 산보다 그나마 상대하기 쉬운 상대가 걸렸기 때문이었다.

　TP 오리엔. 12개의 구단 중 최하위 순위권을 달리고 있었다.

　다음 경기는 쉬어 가는 판이 될 것이다. 허태균 감독은 그렇게 생각했다.

　그래도 일단은 엔트리를 짜긴 해야 한다. 엔트리 구상을 위해 허태균 감독은 코치진과 주장인 최승헌을 불렀다.

　"TP 오리엔에 나설 선발 인원을 선정해야 하는데."

　"감독님."

　오진석 코치가 손을 번쩍 들었다.

　"말해 봐."

　"이번 엔트리에는 민허를 빼는 게 어떻습니까?"

　"민허를?"

　"네. 개인 리그 끝난 지 얼마 안 되자마자 바로 프로 리그에 투입되기도 했고, 그리고 강민허라는 카드를 너무 자주 노

출시키면 언젠가는 상대 구단들이 파훼법을 들고 나올 거 같아서요. 그리고 다음 주는 어차피 최약체 팀이랑 겨루는 거니까 질 일도 없고. 이번 기회에 민허는 좀 쉬게 놔두는 게 좋아 보입니다."

"음, 나도 그 생각을 안 한 건 아니었지만……."

그래도 상황이 상황인 만큼 허태균 감독은 매 경기마다 최강의 에이스들을 출전시키고 싶었다.

하나 에이스들을 계속 내보내게 되면, 오진석 코치의 말마따나 언젠가는 분명 죽창을 맞을 것이다.

경기 판수가 많다는 건, 그만큼 그 선수에 대한 자료가 많다는 것을 의미한다.

자료가 많을수록 해당 선수의 스타일, 전략, 성향을 분석하기가 용의해진다. 강민허는 ESA의 기둥이라 할 수 있다. 강민허라는 전력을 계속해서 노출시키면 안 된다. 숨길 때에는 숨기는 편이 좋다.

설마 꼴찌 팀과 경기를 펼치는데, 이들이 지겠나. 이런 생각도 들었다.

최승헌도 한몫 거들었다.

"저도 오진석 코치님과 같은 생각입니다. 민허는 일단 아껴 두는 게 좋다고 생각합니다. 나중에 가서는 계속해서 선발로 뛰어줘야 하는 선수니까요. 쉴 겸, 그리고 전략 노출을 방지할

겸 이번에는 민허를 엔트리에서 제외시키는 게 어떨까요."

"그렇단 말이지……."

최승헌의 의견을 무시할 수는 없다.

주장이라는 직함을 달고 있기 때문이다. 최승헌은 코치들이 알지 못하는 선수들의 일면을 잘 안다. 같은 선수 입장에서 이들과 자주 어울리거나 하기 때문이다.

허태균 감독은 나선형 코치에게 시선을 던졌다.

"선형이는 어때?"

"저는 반대입니다."

"이유는?"

"감독님과 같습니다. 저희는 매사 최선을 다해야 합니다. 아무리 상대가 꼴찌라 하더라도 가급적이면 최대한 승수 포인트를 쌓아둬야 하는 것이 저희 팀의 입장인데, 군이 모험수를 둘 필요가 있을까요? 민허는 우리 팀의 보물입니다. 그리고 확실한 승리 카드죠. 확실하게 점수를 따줄 선수가 있는데, 군이 내보내지 않겠다는 건 말이 안 됩니다."

"흐음……."

나선형 코치의 말에도 일리가 있다.

하나 오진석 코치, 최승헌의 주장도 틀린 건 아니었다.

선택의 기로에 서게 된 허태균 감독.

사람들의 의견을 듣고, 결단을 내리는 건 감독의 몫이다.

이번에도 마찬가지였다.

강민허를 내보내느냐, 마느냐.

우선은 그것을 정한 다음에 엔트리를 논하는 것이 수순이었다.

잠시 생각하는 시간을 가지던 허태균 감독은 나선형 코치에게 물었다.

"민허에게 '너, 이번에는 쉬어라'라고 했는데 녀석이 안 받아들이면 어쩌지?"

"선수를 설득하는 것도 감독님이 해야 할 일 아닙니까?"

"하긴, 그렇지."

감독이 해야 할 일이 많다. 허태균 감독은 오랜만에 그 사실을 깨달았다.

결국 결단을 내리는 허태균 감독.

"민허는 이번 경기에서 제외시키도록 하자."

허태균 감독은 곧장 강민허를 불렀다.

감독 사무실에는 이미 허태균 감독을 제외하고 모두가 다 나간 상태였다.

강민허는 왜 자신이 불려왔는지 대충 감을 잡았다.

"엔트리에 관한 것 때문에 저 부르신 거 맞죠?"

"눈치는 기가 막히게 빠르구나."

"제가 한 눈치 하거든요."

피지컬뿐만 아니라 눈치까지 좋은 강민허.

그러나 내용까지는 미처 예상 못 했었다.

"다름이 아니라, TP 오리엔전 때, 너를 선발에서 제외시킬까 한다."

"이유가 뭔가요?"

"전략 노출을 최소화시키자는 것. 이게 가장 큰 이유야."

부가적으로는 강민허에게 좀 더 쉬는 시간을 부여하고 싶다는 것도 있었지만, 그걸 말하는 순간 강민허는 괜찮다면서 반론을 가할 거 같았기에 허태균 감독은 일부러 두 번째 이유를 제외했다.

그냥 간단하게 전력 노출 방지라는 걸로 표현을 했다.

허태균 감독은 강민허가 내심 강한 반발을 보여주지 않을까 걱정을 했었다. 선발에 욕심을 많이 내는 강민허였기 때문이다.

그러나 강민허는 쿨하게 결과를 받아들였다.

"알았어요. 감독님 말씀대로 할게요."

"응? 내 예상과 다른데?"

"어떤 거가요?"

"네 성격이라면 분명 선발 명단에 넣어달라고 엄청나게 억지를 부릴 줄 알았는데. 그게 아니라서 좀 놀랐다."

"선발 명단 짜는 거는 어디까지나 감독님의 고유 권한이잖아요. 제가 그거 가지고 뭐라 할 입장이 아닌데, 설마 그러겠어요?"

"하긴, 그렇지."

맞는 말이었다.

선발 명단을 짜는 건 허태균 감독이 하는 일이다. 선수들의 최근 성적, 컨디션, 그리고 자신감 등을 보고서 전체적으로 이 선수를 무대에 올려 보낼지 말지를 결정한다.

강민허는 언제든 출격할 준비가 되어 있는 선수다. ESA의 보물이라 할 수 있다. 하지만 보물을 너무 자주 보여주면 안 된다.

ESA는 준플레이오프를 넘어서 플레이오프, 그리고 결승까지 미리 생각을 해두고 있었다. 장기적인 안목으로 봤을 때, 강민허라는 전력을 너무 자주 노출해선 안 된다는 결론이 내려졌다.

결국 허태균 감독은 오진석 코치, 그리고 최승헌 주장의 말에 따르기로 한 것이다.

대신, 강민허는 의미심장한 말을 남겼다.

"이번 경기에서 지면 안 돼요. 지는 순간, 준플레이오프 진출은 굉장히 힘들어질 겁니다."

"설마 지겠냐. 적어도 TP 오리엔에게는 지지 않을 거다. 선수들도 그런 자신감이 다들 충만하고."

그리고 무엇보다 TP 오리엔은 이미 준플레이오프 진출이 좌절된 팀이다. 그래서 TP 오리엔은 과감하게 이번 프로 리그 시즌을 포기하고 다음 프로 리그 시즌을 기약하기 위해 신인들을 다수 선발 명단에 고용하고 있는 중이었다.

그중에는 프로 리그에 처음으로 출전한 선수도 있었다.

허태균 감독은 ESA가 먼저 나서서 무리를 하지 않는 이상, TP 오리엔에겐 절대로 지지 않을 거라고 생각했다.

그러나.

강민허의 생각은 달랐다.

"승부라는 건 아무도 예측 못 하는 거예요. 생각해 보세요, 감독님. 저, 처음에 개인 리그 올라갔을 때 승자 예측 퍼센티지가 99퍼센트 대 1퍼센트 나온 거 있었잖아요."

"그거야… 그랬지. 하지만 그때 너는 신인이었잖아. 대다수 사람들이 그렇게 판단하는 것도 이상하진 않지."

"하지만 결과는요?"

"네가 이겼지."

"그 상황이 ESA와 TP 오리엔에게 적용되지 말라는 법은 없습니다."

"……."

맞는 말이었기에 허태균 감독은 할 말이 없었다.

강민허는 자리에서 일어섰다.

"그냥 제 생각을 말씀드린 거예요. 저도 저희 팀이 이길 확률이 훨씬 크다는 건 알고 있지만, 100퍼센트가 아닌 이상은 방심은 절대 금물이라는 걸 꼭 알아주셨으면 좋겠어요."

"알다마다."

"그렇다면 다행이지만요."

문을 나서는 강민허.

허태균 감독은 한동안 생각에 잠겼다.

사실 허태균 감독은 강민허를 기용할 생각이었다. 강민허와 같은 생각이었기 때문이다.

하지만 오진석 코치와 최승헌의 말에 의해 그쪽이 더 나을지도 모르겠다는 생각이 들어서 일부러 방식을 선회하기로 했다.

이 선택이 과연 어떤 결과를 불러올지.

경기 당일까지는 아무도 알 수 없는 일이다.

*　　　*　　　*

강민허를 대신해 출전하기로 한 선수는 3년 경력의 프로게이머, 조민학으로 최종 결정되었다.

개인 리그 본선 진출 경험만 3번, 프로 리그에서 1회 다승

왕을 차지했던 경험을 지니고 있는 조민학. 그러면 강민허를 대신해서 선봉 자리를 맡겨도 충분했다.

개인 리그뿐만 아니라 프로 리그에서 나쁘지 않은 성적을 거두는 덕분에 최승헌과 함께 번갈아 프로 리그에 기용되는 선수 중 한 명이다.

이들의 이번 선발 명단은 대략 이러했다.

VS TP 오리엔
1세트(개인전): 조민학
2세트(팀전): 성진성, 한보석, 하인영
3세트(개인전): 최승헌

후다스JK전과 비교하자면 1세트 때 강민허가 조민학으로 바뀐 것만 빼고는 동일했다.

선봉장의 이름이 달라진 것만으로도 엔트리의 칼라가 달라진다.

조민학은 굉장히 수비적인 플레이를 지향하는 선수다. 방어하고 방어하면서 꾹 참다가 기회를 틈타 한 방 러쉬를 노리는 그런 선수다.

반면, 강민허는 공격성이 다분한 스타일을 가진 선수다.

서로 다른 성향을 지닌 두 선수. 이번에는 강민허의 자리에 조민학이 들어갔다.

조민학은 의아해했다.

"왜 제가……."

오진석 코치가 대표로 답을 들려줬다.

"준플레이오프전을 대비해서 미리 선수층을 두텁게 하려는 전략이지. 더불어 민허의 전력 노출을 최소화하고. 어차피 준플레이오프부터는 5전 3선승제 아니냐. 그럴 때를 대비해 우리도 가급적이면 많은 선수들에게 미리 프로 리그 경험을 시켜줘야 해. 우선 첫 타겟이 너고."

준플레이오프는 개인전과 팀전이 하나씩 더 추가된다. 그렇게 총 다섯 번의 세트를 치르게 된다.

5전 경기를 대비해서라도 선수들을 미리 육성해야 한다. 조민학은 고개를 크게 끄덕였다.

"하긴. 코치님 말씀이 맞네요. 프로 리그에 안 나간 지 좀 된 거 같으니까요."

"그렇지? 기왕 이렇게 된 거, 오랜만에 나가서 감이나 한번 잡아봐."

"알겠습니다."

"팀 멤버는 이대로 가고, 대장전은 승헌이를 그대로 기용한다. 경기에 참가하지 않는 선수들은 이번에 선발대로 참가하게 된 선수들의 연습을 집중적으로 도와줘. 알겠지?"

"네!"

ESA 팀원들의 목소리에 힘이 실렸다.

2부리그 우승을 기점으로 강민허의 개인 리그 우승, 그리고 최근에 있었던 강팀, 후다스 JK와의 경기에서 승리를 따낸 것 까지.

그야말로 승승장구를 이어가고 있는 ESA였다. 덕분에 팀원들의 사기가 하늘을 찌를 듯했다.

좋은 현상이었다.

＊　　　　＊　　　　＊

TP 오리엔 선발 멤버 명단을 미리 받아본 허태균 감독.

예상한 그대로였다.

3세트에 나오는 김정준 선수를 제외하고 나머지 선수들은 죄다 신인들뿐이었다.

허태균 감독은 승기를 잡은 듯한 미소를 지었다.

오진석 코치 역시 마찬가지였다.

"저희 예상대로네요."

"그러게. 그나저나 1, 2경기를 신인으로 내보내다니. 좀 의외인데."

"승리를 포기하고 신인들의 경험을 최대한 많이 쌓게 만들어주겠다 하는 것이 첫 번째 목표인가 보죠."

"하긴, 그렇겠네."

프로 리그는 3전 2선승제다. 적어도 1, 2경기는 지든 이기든 진행을 할 수 있다는 것을 뜻한다. TP 오리엔의 감독은 신인들에게 확실한 경기 자리를 할당했다. 세 번째 경기에 나서기로 한 김정준 선수는 TP 오리엔으로 이적한 지 반년이 될까 말까 한 선수였다. 이전에 있던 팀은 나이트메어. 거기서 눈에 띄는 활약상을 보여준 적이 없는 선수였다.

대신 경력은 길다. 경험이 많긴 하지만, 스타플레이어는 아니다. 커리어로 따지면 최승헌이 김정준에 비해 훨씬 압도적이다.

이렇게 보면 ESA가 거의 100퍼센트 확률로 이길 수 있을 것 같았다.

오진석 코치는 승리를 확신했다.

"이 정도면 설렁설렁 연습해도 이기겠는데요?"

"그래도 방심하지 마라. 승부라는 건 아무도 모르는 거니까. 애들 연습 철저하게 시켜. 괜히 지기라도 하면 큰일이야."

"예. 그렇게 하겠습니다."

강민허가 했던 말을 떠올리는 허태균 감독.

상대가 아무리 약팀이라 하더라도 얕봐선 안 된다. 약팀은 ESA도 마찬가지다. 그래서 약팀의 심정을 누구보다도 잘 안다.

비록 리그 탈락이 확정되긴 했으나, 그래도 팬들을 위해서라도 매 경기마다 최선을 다할 것이다.

신인들을 기용했다고는 하나, TP 오리엔은 언제든 고춧가루 부대가 될 준비를 갖춘 팀이다.

방심은 금물이다. 허태균 감독 본인도 이 말을 항상 염두하고 있었다.

*   *   *

TP 오리엔과의 경기 당일.

강민허는 경기장에 나가지 않고 숙소에 남아 경기를 시청하기로 했다. 어차피 경기에 나가는 것도 아닌데, 굳이 경기장까지 갈 필요가 있을까 하는 생각이 들어서였다.

허태균 감독, 그리고 코치진을 비롯해 선발 멤버들은 전부다 경기장으로 향했다. 덕분에 숙소는 썰렁함이 감돌았다.

숙소에 남은 선수들끼리 모여서 경기를 관람하기로 했다.

"야, 민허야. 넌 누가 이길 거 같냐?"

팀 선배 중 한 명이 강민허에게 어느 팀이 이길지 물어왔다. 강민허는 선배를 빤히 바라보며 역으로 물었다.

"형은 누가 이길 거 같은데요?"

"우리 팀이지. 안 봐도 뻔하잖아?"

"저는 반반이라고 생각합니다."

"반반?"

"네. 50 대 50이요."

"야. TP 오리엔을 너무 후하게 쳐준 거 아니냐. 그 팀, 그 정도로 전력이 높은 팀이 아니야. 약체 중에서도 최약체라고. 우리보다 더 약체라니까?"

"오히려 그래서 TP 오리엔이 이길지도 모른다는 말을 하는 거예요."

"응? 왜?"

"TP 오리엔을 상대하는 팀들은 기본적으로 저희와 같은 생각을 가지고 있겠죠. 어차피 상대는 약팀이니까. 그쪽이 아무리 발버둥을 쳐도 우리가 무조건 이길 거니까. 이런 생각을 가지는 게 가장 무서운 거예요. 이것은 곧 방심으로 이어집니다. 방심이 얼마나 무서운 건지. 형도 잘 알죠?"

"뭐… 알긴 하지."

방심이라는 걸 가지는 순간, 빈틈이 생긴다.

강민허는 수많은 강적들을 상대하면서 그들이 방심한 틈을 노려 역전승을 거뒀던 경우가 꽤 많았다.

그래서 방심이라는 것이 얼마나 무서운 것인지 누구보다도 잘 안다.

너무 잘 알기에 강민허는 허태균 감독에게 그런 말을 했던 것이다.

방심은 절대 금물이다. 방심하면 안 된다.

허태균 감독도 물론 잘 알고 있을 것이다. 하지만 감독도 결국 사람인지라 TP 오리엔을 얕보는 경향을 완벽하게 지울 수가 없을 것이다.

실제로 명단만 봐도 TP 오리엔은 오늘의 경기를 포기한 것처럼 보였다.

하나 강민허는 오히려 그게 더 무서웠다.

'지면 앞으로 남은 경기가 많이 힘들어질 텐데.'

그냥 억지로 고집을 부려서라도 자신이 나가겠다고 주장할 걸 그랬나.

뒤늦은 후회가 밀려오기 시작했다.

*   *   *

오늘도 변함없이 최승헌은 탄산음료 캔 하나를 구해 왔다.

경기가 시작되기 전에 탄산음료 캔을 원샷으로 전부 비운다. 이것이 그의 징크스다.

캔을 따고 음료 흡입을 위한 준비 자세를 취했다. 성진성은 그런 최승헌에게 딴지를 걸었다.

"형. 그거, 안 하면 안 돼요?"

"왜?"

"아무리 징크스라고 해도 오히려 경기 시작 전에 컨디션만 저하시키는 거 같아서요. 그러다가 게임하는 도중에 속 안 좋아지기라도 하면 어쩌려고요?"

"그럴 일 없으니까 걱정 안 해도 된다. 지금까지 그런 적은 단 한 번도 없어. 그것보다 이걸 한 번에 마시는 게 더 중요해."

최승헌은 징크스를 철석같이 믿고 있었다.

물론 성진성은 그런 걸 전혀 믿지 않는다. 본인만의 징크스가 있긴 하지만, 아무리 봐도 최승헌의 징크스는 특별한 의미가 없는 행동으로밖에 보이지 않았다.

콜라 한 캔을 벌컥벌컥 마시던 최승헌.

그러나 도중에 그의 캔 원샷하기 프로젝트에 찬물을 끼얹는 사람이 등장했다.

"우왓?!"

의자에 앉아 있던 오진석 코치가 갑자기 무게중심을 잃고 의자와 함께 넘어진 것이다.

쿵!

커다란 소리가 대기실을 가득 채웠다. 놀란 나머지 최승헌은 마시던 콜라를 흩뿌렸다.

"푸하!!!"

"으악?! 더럽게 뭐 하는 짓이야!!!"

허태균 감독은 최승헌에게 잔소리 폭탄을 선사했다. 코치라는 녀석은 의자에 앉아 있다가 넘어지질 않나. 주장이란 녀석은 탄산음료 마시다가 갑자기 뿜어대질 않나. 그야말로 혼돈, 파괴, 망각의 현장이 되었다.

최승헌의 표정이 일순간 굳어졌다.

"한 번에 못 마셨어……?!"

"그것보다 휴지 좀 가져와라. 어휴, 내가 못 산다, 못 살아."

허태균 감독의 불평에도 불구하고 최승헌은 충격으로 말을 잇지 못했다.

캔 음료 원샷은 최승헌에게 있어서 중요한 징크스였다. 그 징크스가 무너지게 되었으니… 최승헌의 불안감은 가중될 수밖에 없었다.

"감독님."

"왜."

"오늘 경기, 불안합니다."

"뜬금없이 그게 뭔 소리냐. 설마 네 말도 안 되는 징크스 실패했다고 그런 말 하는 건 아니겠지?"

"정확하시네요."

"정확은 개뿔! 이상한 소리 말고 휴지나 퍼뜩 가져오라니까?!"

마지못해 분주하게 움직이는 최승헌이었으나.

징크스 실패에 대한 불안함은 여전히 머릿속에 남아 있었다.

*　　　　*　　　　*

부스로 들어간 조민학은 장비 세팅에 한창 열중하고 있었다.

벤치에는 코치진과 다음 경기에 임할 선수들이 자리를 잡고 있었다.

그 와중에 최승헌의 중얼거림이 계속해서 이어졌다.

"불안해. 굉장히 불안해……."

"조용히 좀 할 수 없냐."

나선형 코치가 최승헌에게 일침을 가했다. 주장이면 무게감을 지켜야 하거늘. 최승헌이 오히려 불안감에 사로잡힌 모습을 보여주니 코치진 입장에서 굉장히 보기 안 좋았다.

그만큼 그에겐 탄산음료 징크스가 굉장히 중요했다.

하나 그 불안감은 오래 지속되지 않았다.

첫 번째 경기에 나선 조민학은 경기에 들어가자마자 일찌감치 승기를 잡기 시작했다.

단단하게 가드를 굳히자, 상대 선수는 어떻게 조민학을 공략해야 좋을지 당황해하는 기색을 보였다. 그 감정이 게임 내에서 그대로 전해질 정도였다.

역시 신인은 신인이었다.

반면, 나름 적지 않은 경력을 가지고 있는 조민학은 TP 오리엔의 선봉을 상대로 여유로운 승리를 거뒀다.

1세트를 아주 가볍게 따낸 조민학.

나선형 코치가 최승헌을 바라봤다.

"어떠냐. 이제 걱정 안 해도 되겠지?"

"그… 러네요."

너무 쉽게 이겨 버린 덕분에 오히려 이쪽이 다 벙 찌고 말았다.

설마 이렇게까지 무난하게 경기가 흘러갈 줄은 몰랐다. 물론 ESA가 쉽게 경기를 가져갈 전망이 두텁다는 건 여기 있는 모두가 다 아는 사실이다.

조민학의 경기를 보고 나서야 최승헌은 안심할 수 있었다.

그러나 문제가 발생했다.

두 번째 세트에 돌입하게 된 ESA와 TP 오리엔.

상대 팀원은 전부 다 신인이다.

그럼에도 불구하고 경기 내용은 ESA가 일방적으로 밀리는 느낌이었다.

"어어어어?!"

성진성은 지금 이 상황이 이해되지 않았다.

왜 이들이 밀리는 걸까?

상성이 안 좋다는 건 있었다. 하지만 상성만으로 이렇게까지 심하게 밀린다는 건 말이 안 된다.

게다가 저들은 신인이다. 신인에게 진다는 건 성진성의 자존심이 허락하지 않았다.

"보석이 형! 버프 줘. 버프!"

"쿨타임 아직 안 됐어!"

"뭐?! 언제 줬는데! 나, 버프 안 걸려 있는데?!"

"저쪽에서 디버프 걸어서 버프 효과가 없어진 거 같아!"

"이런 제길!!!"

신인임에도 불구하고 저들은 성진성 팀에 관한 정보 분석을 샅샅이 하고 왔다. 한보석이 걸어주는 버프만 없애면, 성진성은 탱커 역할을 수행하는 데 무리가 따른다는 사실을 아주잘 알고 있었다.

성진성이 무너지니 팀이 무너졌다.

성진성이 일시적으로 무력화된 틈을 타 TP 오리엔 팀은 뒤로 빠르게 파고들어 한보석과 하인영을 노렸다.

나름 반항을 해봤지만, TP 오리엔은 환상적인 팀플레이로 한보석과 하인영을 공략했다.

2 대 2 싸움을 만드는 게 아니라 TP 오리엔 두 명이 한보

석, 혹은 하인영을 공략하는 방식으로 각개격파 전략을 짜왔다.

게다가 이런 전투에 연습이 잘 된 모양인지 진영에 흐트러짐이 없이 찰떡궁합을 보여주면서 하인영을 먼저 아웃시켰다.

3 대 3 구도에서 3 대 2가 되어버리면 힘의 균형이 급격하게 무너진다.

남은 두 명은 한보석을 공략했다. 최대한 버틸 만큼 버틴 한보석이지만, 결국 아웃 판정을 받아버렸다.

나머지는 성진성, 한 명뿐이다.

아무리 상대가 신인이라 하더라도 세 명을 혼자서 상대할 수는 없었다. 최후에 최후까지 발악을 해봤지만, 결국 2세트를 가져가는 건 TP 오리엔 팀이었다.

*   *   *

예상치 못한 1 대 1 스코어 상황이 기록되었다.

숙소에서 지켜보던 ESA 팀원들은 성진성 팀에게 쓴소리를 날렸다.

"아니, 진성이 녀석! 도대체 뭐 하는 거야! 앞에서 탱커 역할을 못 하면 뒤에 진영이 다 우르르 무너진다는 걸 모르나?"

알고는 있었다. 하지만 그렇게 못 하게 만든 것이 TP 오리엔 선수들이었다.

"답답하네, 진짜!"

"평소 진성이답지 않은데?"

"뭔가 페이스가 말린 거 같아. 보석이도 그렇고, 인영이도 그렇고. 연습 때만큼 실력이 안 나와줬네."

이유가 있었다.

상대가 신인이어서였다.

신인이라는 건, 다시 말해서 이들에 관한 자료가 없다는 것을 뜻한다. 그래서 성진성 팀은 상대방이 어떤 플레이를 선호하는지, 어떤 전략을 구사하는지 하나도 알지 못한 채 경기에 임해야 했다.

반면, TP 오리엔 팀은 원 없이 성진성 팀의 전력 분석에 임했다. 그리고 공략에 성공했다.

정보의 차이가 이런 변수를 만들어낸 것이다.

강민허는 TV에 시선을 고정시켰다.

'불안한데.'

우려했던 사태가 벌어졌다.

강민허가 그리는 이상적인 시나리오가 있었다.

2 대 0. 그것 아니면 ESA에게 전부 다 불리한 흐름으로 가게 될 것이다.

TP 오리엔은 1, 2경기 중 한 경기라도 따내기만 하면 된다는 전략을 가지고 이번 경기에 출전했을 것이다. 대장전에 출전하는 김정준이 어떻게 해서든 비벼보기라도 하면, 2 대 1로 TP 오리엔이 이기는 것이다.

'좋지 않아. 이 흐름.'

강민허는 불안감이 점점 커져감을 느꼈다.

*　　　*　　　*

결국 대장전에 출전하게 된 최승헌은 미칠 노릇이었다.

'역시 징크스가 맞아떨어진 건가?!'

하나 이 생각을 말로 내뱉을 수는 없었다. 안 그래도 팀 분위기가 많이 침체되어 있는 도중에 징크스 이야기까지 하면 불난 집에 기름을 부어버리는 격이 된다.

반면, TP 오리엔은 그야말로 축제 분위기였다.

1, 2세트 중 한 세트만 잡자! 이 전략이 성공했기 때문이다.

나머지는 김정준 VS 최승헌의 경기로 이어지게 되었다.

커리어로 따지면 최승헌의 승률이 더 높다. 하지만 압도적으로 차이가 많이 나는 건 아니었다.

7 대 3 정도. 이 차이면 충분히 변수가 만들어질 수 있다.

그래서 더 불안했다.

ESA가 가장 두려워하는 것.

그것은 바로 변수라는 존재였다.

우스운 상황이었다. 강민허는 이 변수로 2부 리그, 그리고 개인 리그에서 우승을 거머쥐었다. 그런 강민허가 소속되어 있는 팀, ESA가 오히려 변수라는 것 때문에 발목을 잡히게 될 줄이야.

허태균 감독은 머릿속이 복잡해졌다.

'이럴 줄 알았으면 민허를 투입할 걸 그랬나.'

후회가 밀려왔다. 물론 조민학은 강민허의 역할을 대신해서 잘 소화해 줬다. 1세트를 가져왔으니까 말이다.

문제는 3세트다.

최승헌이 김정준을 확실하게 제압해 줄 수 있을지를 모르겠다.

"승헌아."

"예, 감독님."

"할 수 있지?"

"…노력해 보겠습니다."

최승헌의 얼굴은 잔뜩 굳어 있었다. 부담감 때문이었다.

대장전은 많은 부담감을 느끼는 자리다. 자신의 경기에 따라 팀의 승패가 갈리기 때문이다.

1 대 1. 여기서 한 점을 더 따 오면 승리하게 되고, 빼앗기면 패배하게 된다.

최승헌은 숨을 깊게 내쉬었다.

부스 안으로 들어가 세팅을 맞췄다. 김정준도 마찬가지였다.

심리적인 압박감을 따진다면 최승헌이 훨씬 강했다. 김정준이 속한 TP 오리엔 팀은 어차피 준플레이오프에 진출할 수 없게 되었다. 이미 탈락을 확정 지어 놓다 보니 마음이 한결 편했다.

반면, ESA는 지금부터 시작이다.

오늘 여기에 패배한다 하더라도 자력 진출 수단이 완전히 막혀 버리는 건 아니다. 하지만 앞날이 고달파지는 건 확실하다.

게다가 최승헌은 팀의 주장이다. 주장인 만큼 여기서 확실하게 이겨줘야 한다.

민영전 캐스터가 마이크를 들었다.

"그럼 오늘의 마지막 경기! ESA의 최승헌 선수 대 TP 오리엔 팀의 김정준 선수의 경기를 지금 시작하겠습니다!"

각 팀을 응원하는 팬들의 함성 소리가 높아졌다.

경기에 들어가자마자 김정준은 매섭게 공격을 퍼부었다.

부담감이 없는 자가 선보일 수 있는 가벼운 몸놀림.

반면, 최승헌의 움직임은 둔했다.

짊어지고 있는 게 많다. 그래서 컨트롤이 둔해진 것이다.

'이대로 당하기만 하면 안 되잖아! 움직여라, 최승헌!'

스스로 닦달하면서 애써 공격을 자행했다. 그러나 오히려 김정준에게 기회를 제공한 꼴이 되었다.

회피 이후에 공격. 카운터 판정으로 들어가서 그런지 대미지가 훨씬 강하게 들어갔다.

"헉!!!"

최승헌의 입에서 비명이 튀어나왔다. 마치 본인이 직접 맞은 듯한 그런 착각이 들게 만드는 외마디 비명이었다.

유효타를 먼저 허용해 버리고 말았다. 그 뒤로 김정준의 공세가 매섭다.

계속해서 공격을 퍼붓는 김정준. 최승헌은 거의 샌드백 수준으로 맞기만 할 뿐이었다.

그렇게 일방적으로 끌려다니다가 결국 HP가 바닥을 쳤다.

GG.

최승헌의 충격적인 패배가 선언되었다.

더불어 ESA는 TP 오리엔에게 일격을 맞았다.

넋이 나간 최승헌은 이렇게 중얼거렸다.

"징크스가 이걸 또……."

제32장
재정비

승기를 제대로 탄 줄 알았던 ESA.

그러나 TP 오리엔에게 충격적인 패배를 당하고 말았다.

로인 이스 온라인 관련 전문가들은 ESA가 무기력하게 졌다는 사실에 놀라움을 금치 못했다.

스코어는 2 대 1이었으나, 이전에 후다스 JK전 때 보여준 포스에 비해 오늘의 경기 내용은 굉장히 좋지 못했다.

한눈에 봐도 준비성이 부족함이 엿보였다.

TP 오리엔 팀원들이 승자 인터뷰를 진행하기 위해 특별 무대로 향했다.

반면, ESA 멤버들은 말없이 무대 뒤로 향했다.

허태균 감독은 팀원들의 어깨를 토닥여 줬다.

"괜찮아. 잘했어. 이길 때도 있으면 질 때도 있는 법이지. 한 번 졌다고 너무 풀 죽지 마라. 응?"

"…죄송합니다, 감독님."

최승헌은 허태균 감독에게 사과했다. 그러나 허태균 감독은 최승헌의 이런 태도가 오히려 걱정되었다.

정신적인 충격이 심할 것이다. 대장전에서 최승헌이 승리를 따냈더라면 지금의 결과는 없었을 것이다.

최승헌은 주장으로서 해내야 할 역할을 해내지 못했다. 그에 따른 죄책감과 부담감은 상상 이상이었다.

"진석아."

허태균 감독은 오진석 코치를 몰래 불렀다. 최승헌은 코치진 중에서 오진석 코치와 가장 많은 이야기를 나눴다. 최승헌은 오진석 코치를 친형처럼 생각했다. 지금은 허태균 감독보다 오진석 코치가 최승헌을 위로해 주는 편이 더 좋아 보였다.

나머지 선수들은 그렇게까지 크게 실망하지 않는 눈치였다.

물론 경기에서 졌다는 건 충격적인 일이었지만, 그래도 최승헌에 비해서는 덜해 보였다.

조민학 선수의 경우에는 본인이 승리를 거뒀으니 상관없었다. 팀전에서는 개인전이 아닌 다수 대 다수가 붙는 대결이라 그런지 변수가 크게 작용한다. 아무리 개인전에서 월등한 실력을 뽐내던 선수들도 가끔은 질 때가 있는 파트가 바로 팀전이다. 무적의 포스를 보여주던 도백필조차도 팀전에 참가했을 때에는 진 경우가 허다했다.

경기에서 지고 난 이후. 한보석은 성진성, 하인영과 함께 오늘 경기에서 패배한 원인에 대해 서로 심층 토의를 하는 모습을 보였다.

이들의 멘탈은 괜찮아 보였다.

문제는 최승헌이다.

최승헌은 주장으로서 대장전에서 여태껏 많은 활약을 보여줬다. 그러나 오늘의 경기는 최승헌의 멘탈에 많은 타격을 가했다.

'안 그래도 승헌이 녀석, 쉬게 해주긴 해야 하는데.'

그동안 최승헌을 너무 혹사시켰다. 최승헌은 개인 리그 일정이 끝나자마자 바로 프로 리그에 투입되었다. 이대로 최승헌을 계속 기용하면, 분명 선수로서 크게 망가질 수도 있었다.

"진석아. 숙소 들어가면 회의 좀 하자."

"예, 감독님."

ESA의 발등에 불이 떨어졌다.

$$*\qquad*\qquad*$$

숙소로 돌아온 팀원들.

선수들은 최승헌을 비롯해 오늘 경기에 나섰던 선수들에게 잘했다고, 최선을 다했다고 하면서 아낌없는 격려를 보냈다.

그러나 최승헌은 자신의 경기에 높은 불만을 품었다.

왜 졌을까.

징크스 탓도 있다고 생각하지만, 결국 실력 부족이다.

방 안으로 들어간 최승헌은 혼자만의 시간을 가지기로 했다.

이 모든 정황을 지켜보던 강민허는 고개를 가로저었다.

"주장 형, 당분간은 경기에 내보내면 안 되겠네요."

때마침 허태균 감독이 강민허의 말을 들었다.

"용케도 알아차렸구나."

"안 내보내실 건가요?"

"지금 상태로 내보내면 큰일이지. 승헌이는 다전제 경기에서 활약해 줘야 하는 중요한 카드야. 지금은 아낄 필요가 있지."

"그렇다면 제가 대장전에 나가겠습니다."

"네가?"

"예. 팀원들이 어떻게든 3경기까지만 이끌어주면, 제가 마무리를 지을게요."

"음……."

강민허는 확실한 승리 카드다. 허태균 감독은 강민허를 가급적이면 1경기에 내보내고 싶었다.

1경기에서 강민허가 승리를 따내주면, 팀원들의 사기에 많은 도움이 된다. 0 대 0으로 시작하는 것과 1 대 0으로 시작하는 것은 어마어마한 차이가 있다. 이미 한 점을 확보하고 경기를 가지면, 후발 주자들이 훨씬 편해진다.

그러나 이건 허태균 감독의 짧은 생각이었다.

강민허는 허태균 감독의 엔트리 작전에 부족한 부분을 지적했다.

"다전제를 염두하고 계시다면, 앞으로 남은 경기는 2 대 0이 아닌 2 대 1로 승리를 가져오도록 시나리오를 만들어야 해요. 그래야 다른 선수들에게 보다 더 많은 경기 경험을 심어줄 수 있을 테니까요."

ESA는 선수층이 너무 얇다. 한번 내보낸 선수를 두 번, 세 번 계속 내보낼 수밖에 없는 구조였다.

이렇다 보니 5전제 싸움에 약하다.

특히 프로 리그에서는 더더욱. 프로 리그에는 한번 출전한 선수를 중복해서 다른 경기에 내보낼 수 없는 룰을 가지고 있었다. 5전제 풀세트 경기를 염두한다면, 최소 9명의 선수를 키워야 한다.

개인전에 3명, 팀전에 6명. 9명의 선수를 육성해야 하는데, 그러기에는 시간이 많이 부족했다.

연습은 계속 시킬 수 있다. 하지만 실전 경험은 어디 가서 함부로 쌓을 수 있는 게 아니다.

오로지 본 무대에서만 쌓을 수 있는 경험이다. 가급적이면 보다 많은 선수들에게 프로 리그 경험을 심어주기 위해서라도 ESA는 남은 경기를 2 대 0이 아닌 2 대 1로 이겨야 한다.

이것이 강민허의 주장이다.

위험한 작전이다. 괜히 2 대 1로 밸런스를 맞추려고 하다가 자칫 한 경기라도 내주게 된다면? 욕심을 내다가 눈앞에 있는 승리를 놓치게 되는 일이 발생할지도 모른다.

하나 허태균 감독은 강민허의 제안에 더 구미가 당겼다.

프로 팀인 이상. 프로게이머인 이상 높은 목표를 가지고 움직여야 한다.

ESA는 강민허가 들어오기 전까지 만년 꼴찌였던 팀이다. 하나 꼴찌라고 우승하는 꿈도 꾸지 말라는 법칙 같은 건 어디에도 없다.

ESA의 이번 시즌 목표는 우승이다!

우승을 노리기 위해서라도 강민허의 제안을 채용하는 게 좋아 보였다.

"진석아, 선형아. 내 사무실로 들어와라."

"네!"

오진석 코치와 나선형 코치는 허태균 감독의 부름에 바로 반응했다.

두 사람과 함께 사무실로 들어가기 전에 허태균 감독은 강민허를 보면서 가볍게 고개를 끄덕였다.

허태균 감독이 보여준 제스쳐가 무엇을 의미하는지 강민허는 너무나도 잘 알고 있었다.

*   *   *

ESA의 다음 상대는 FL 팀으로 정해졌다.

FL. 프로 리그 우승 경력은 한 차례도 없지만, 플레이오프 진출 경험은 상당수 가지고 있는 팀이었다.

우승 경력이 없다 해도 못하는 팀은 아니다. 프로 리그 매 시즌 때마다 항상 상위권을 유지하는 팀 중에 하나였다.

이번에도 힘든 싸움이 될 것으로 예상되었다.

그러나 강민허는 상대가 누가 되었든 간에 거기서 거기라는 생각을 가지고 있었다.

결국 나만 잘하면 된다. 이것이 강민허의 마인드였다.

FL을 상대로 선발 멤버를 정해야 한다.

"자, 다들 모여봐라."

허태균 감독은 선수들을 불러 모았다.

이번 선발 명단은 꽤 시간이 오래 걸렸다. 평소대로라면 이미 삼 일 전에 명단을 다 짰어야 했다.

오래 걸린 데에는 다 이유가 있었다.

"명단은 여기 적어뒀다."

허태균 감독은 화이트보드를 뒤집었다. 가려져 있던 선발 명단이 드러나자, 선수들은 의아함을 드러냈다.

TP 오리엔에서 유일하게 승리를 기록했던 조민학 선수가 다시 한번 1세트에 이름을 올리게 되었다.

문제는 2세트, 3세트 명단이었다.

2세트, 팀전 명단에서 성진성과 한보석, 하인영의 이름은 찾아볼 수 없었다.

전혀 다른 멤버들이었다.

"가, 감독님! 팀전 명단이 많이 이상한데요?!"

성진성은 허태균 감독에게 직접적으로 물었다.

이상해 보일 수밖에 없었다. 여태껏 기용하지 않았던 선수들로만 구성되었으니 말이다.

허태균 감독은 이렇게 말했다

"다전제를 염두한 선발 명단이다. 5전 3선승제로 가게 되면, 어차피 서브 팀전 멤버들은 꾸리긴 해야 해. 그걸 대비해서 이번에는 다른 멤버들로 구성한 거다."

"하지만……."

"괜찮아. 이기면 돼. 그렇지? 민허야."

"예."

강민허는 고개를 끄덕였다.

그는 세 번째 세트에 이름을 올렸다.

최승헌 대신 대장전을 꿰차게 되었다. 최승헌은 납득한다는 듯이 고개를 끄덕였다.

이미 이런 선발 명단을 짜기 전에 최승헌은 코치진들로부터 많은 대화를 주고받았다.

이번에는 부득이하게 너를 선발 명단에서 제외시킬 수밖에 없다고. 대신, 빈자리를 강민허로 채워 넣겠다고 했다.

강민허라는 이름을 들은 순간, 최승헌은 바로 대장의 자리를 양보하기로 했다.

프로 리그는 개인전이 아니다. 팀전이다.

팀이 이길 수 있는 방법을 짜야 한다. 그래서 최승헌은 본인이 빠진다 하더라도 본인 이상의 활약을 할 수 있는 선수를 3세트에 넣어줬으면 했다.

현재 상황에서 강민허만큼 대장전에 잘 어울릴 만한 선수는 없었다. 최승헌은 그렇게 생각했다.

이렇게 해서 강민허가 세 번째 세트에 참가하게 되었다.

허태균 감독은 선수들에게 이렇게 말했다.

"팀전을 좀 더 체계적으로 만들 거다. A팀, B팀으로 나눠 자체적으로 연습을 할 테니 잘 알아두도록. A팀은 한보석이 있는 팀으로. B팀은 이번에 2세트에 나가기로 되어 있는 배상연이 있는 팀으로 정하마."

준플레이오프를 넘어서 플레이오프, 그리고 결승전까지!

허태균 감독은 이미 머릿속으로 우승 시나리오를 그리고 있었다.

그러기 위해서라도 체계적인 연습이 필요하다.

어떻게든 꼴찌를 면하기 위해 발악했던 ESA는 이제 더 이상 없다.

우승을 노리는 팀이 되어야 한다!

"지난번의 패배는 물론 뼈아팠다. 하지만 그거 가지고 절망하고 실망하지 마라. 사람인 이상, 이길 때도 있고 질 때도 있는 거야. 우리는 기계가 아니잖아? 이번의 패배를 발판으로 더 앞으로 나아가자. ESA의 저력을 보여주자고! 알겠지?"

"네!!!"

"자, 파이팅하자. 파이팅!"

"파이팅!!!"

허태균 감독은 확실히 좋은 감독이다.

강민허는 그렇게 생각했다.

　　　　*　　　　　*　　　　　*

　졸지에 FL과의 경기에 나갈 수 없게 되어버린 성진성은 아쉬움을 감추지 못했다.

　"FL, 한 번쯤 맞붙고 싶었던 팀이었는데. 아쉽네."

　"그 팀에 개인적인 악감정이라도 남아 있어?"

　연습을 하던 도중에 강민허는 성진성의 말에 귀를 기울였다. 그냥 혼잣말로 흘린 것을 강민허가 관심을 주니 오히려 당황스러웠다.

　"아니, 그냥. 예전에 개인 리그 예선 나갔을 때 유독 FL 소속 선수들에게 지는 경우가 많아서 그런 것뿐이야. 개인적인 악감정은 없어."

　"그쪽은 유독 성적 좋은 개인 리그 출신 선수들이 많던데."

　"그럼에도 프로 리그에선 우승 한 번 차지하지 못했지. 개인 리그와 프로 리그가 정말 많이 다르다는 걸 몸소 보여주는 팀이랄까. 너도 어떤 느낌인지 알지? 개인 리그하고 프로 리그, 둘 다 참가해 봤으니까."

　"알 거 같아."

　확실히 뭔가 다르다.

　개인 리그에 비해 프로 리그는 좀 더 판을 넓게 짜야 한다.

두터운 선수층이 크나큰 전력으로 작용한다.

그것을 확보하기 위해 ESA는 모험수를 걸었다.

이 모험수가 어떻게 작용할지는 지켜봐야 할 일이다.

FL 팀과의 대전을 준비하는 동안, 강민허는 의외의 사실을 알아차렸다.

"우리 팀에도 실력자들이 제법 많은 거 같은데요."

한보석과 둘이서 부엌 테이블에 나란히 앉아 밥을 먹던 도중에 강민허는 대뜸 이렇게 말했다.

처음에 강민허는 ESA의 선수들이 실력이 없어서 만년 꼴찌 팀에 머물고 있는 건 아닐까 싶었다.

그러나 나름 실력들을 갖추고 있었다. 강민허가 상상했던 것 이상이다.

그럼에도 불구하고 ESA는 제대로 된 실력을 발휘하지 못했다. 허태균 감독이나 오진석 코치, 나선형 코치가 무능한 건 아니었다. 오히려 다른 팀에 비해서 ESA라는 팀을 잘 이끌어 가고 있었다.

그렇다면 지금까지의 결과는 도대체 무엇이란 말인가.

한보석은 그에 대한 해답을 들려줬다.

"다들 연습 때에는 잘하는데, 막상 실전 무대에 올라서면 본 실력의 반의반도 못 보여주고 끝나더라."

"실전에서 긴장하는 선수들이 많은가 보네요."

"그런 셈이지. 나도 그중 한 명이고."

그런 선수들이 있다. 연습 때에는 도백필 못지않은 실력과 포스를 보여주지만, 막상 공식 경기를 가지면 무기력하게 패배하는 그런 선수가.

강민허가 활동했었던 트라이얼 파이트 7에서도 실전에 약한 프로게이머들이 상당수 존재했다.

ESA는 유독 이런 성향을 지닌 선수들의 비율이 높았다. 그래서 개인 리그든 프로 리그든 여태껏 좋은 성적을 내지 못했던 것이다.

코치진은 실전에 약한 선수들을 위해 많은 조치를 취했었다. 그러나 제대로 통한 조치는 하나도 없었다.

실전에 약하다는 ESA의 단점은 프로 리그에서도 명확하게 보였다.

특히 최승헌. 주장인 그가 가장 큰 문제였다.

최승헌은 연습 경기에선 강민허급의 기량을 보여주는 실력자였다. 하나 문제는 실전이다.

이번에 TP 오리엔에게 패배한 것도 이런 점이 적지 않게 작용했다. 그래서 징크스라는 것을 유독 믿을 수밖에 없는 것일지도 몰랐다.

반면, 강민허는 연습이건 실전이건 균등한 실력을 보여줬다. 그래서 강민허의 승률이 높은 것이다.

"나도 널 본받고 싶다."

진심에서 우러나오는 한보석의 말. 도지석은 그런 한보석에게 미소를 보였다.

"형은 충분히 할 수 있어요. 이번 프로 리그를 통해서 실전 경험을 최대한 많이 쌓아두면 나중에 무대에 올라서도 긴장하지 않게 될 거예요. 무조건 경험이 먼저입니다."

강민허는 트라이얼 파이트 7을 통해 세계 대회 결승전도 경험했던 선수다. 장르를 불문하고 순수하게 활동 이력만을 놓고 따진다면 ESA 내에서 강민허를 넘어설 프로게이머는 없을 것이다.

나이로는 동생이지만, 경력으로 따지면 강민허가 한보석보다 선배다.

한보석은 강민허의 말을 새겨듣기로 했다.

*　　　*　　　*

연습이 거듭되는 와중에 강민허는 이번 주에 벌어질 프로리그 경기 일정을 확인했다.

이레이저 나인 VS 나이트메어.

그야말로 상위권 팀들의 격돌이 펼쳐질 예정이었다.

빅매치 중에서도 빅매치다. 게임 팬들은 벌써부터 두 팀의 대결에 많은 관심을 기울이고 있었다.

뿐만 아니라 출전 명단에 도백필이 있다는 것도 확인되었다. 도백필이 오랜만에 프로 리그에 출전한다는 사실이 확인되자마자 이날 프로 경기 좌석은 전부 다 매진되었다.

"나도 보러 가고 싶은데."

기왕이면 직접 가서 보고 싶었다.

방법이 없을까 하다가 혹시나 해서 도백필에게 연락을 보냈다.

혹시 티켓 구할 수 있겠냐고.

대답은 간단했다.

가능.

심지어 VIP 티켓이었다. VIP까지는 필요 없다고 말을 들려줬지만, 도백필은 괜찮다며 강민허의 거절을 거절했다.

결국 강민허는 게임 팬들 사이에서 빅매치로 커다란 화두가 된 이레이저 나인 VS 나이트메어 경기를 VIP석에서 관람할 수 있는 기회를 거머쥐게 되었다.

VIP 티켓까지 줬으니 안 갈 수가 없게 되어버렸다.

"코치님."

팀전 전략을 담당하게 된 오진석 코치는 머리를 싸매고 있었다. 때마침 강민허의 부름에 관심을 보였다.

"어. 왜? 혹시 나한테 줄 기가 막힌 전략이라도 있는 거냐?"

강민허는 전략성이 짙은 플레이어다. 혹시 오진석 코치가 생각하지 못한 기상천외한 전략을 줄지도 모른다는 생각에 기대감이 높아졌다.

그러나 강민허는 오진석 코치의 기대를 저버렸다.

"그런 거 없는데요."

"뭐야. 그럼 왜 불렀어."

"저, 이번에 이레이저 나인하고 나이트메어가 붙는 경기 날에 현장 관람하러 가려고 하는데요. 문제될 건 없죠?"

"뭐, 상관없는데. 혼자서 가게?"

"티켓은 두 장 있긴 한데. 같이 갈 사람 찾아보려고요."

"누구한테 받은 거야? 그 경기 티켓 구하기 겁나 어렵다고 하던데."

벌써부터 암표까지 돌아다니고 있었다. 그 정도로 이레이저 나인 VS 나이트메어의 경기는 사람들의 많은 관심을 받고 있었다.

"도백필 선수한테서요."

"진짜로?"

"네."

"하긴. 도백필 선수 정도 되면 티켓은 쉽게 구해줄 수 있겠지. 그런데 너, 언제 도백필 선수하고 그렇게 친해진 거냐? 티켓을 부탁할 정도면 꽤 친분이 두터운 거 같은데."

"저번에 공략왕 같이 출연했었잖아요. 그때 같이 게임하면서 많이 친해졌어요. 말도 놓기로 했고요."

"좋네. 도백필 선수랑 연줄을 만들어두면 많은 도움이 되겠지. 부디 그 좋은 우정, 계속 이어가길 바라마."

"왠지 반어법 같은데요."

"반어법이 아니라 진심으로 하는 말이야. 같이 데려갈 사람 구해지면, 나한테 말만 해줘. 감독님도 경기 보러 가는 거 가지고 뭐라 하진 않을 거다."

"네, 알았어요."

강민허는 기왕이면 FL전에 나가는 선수를 제외한 선수를 데려가고 싶었다.

마침 강력한 후보가 강민허의 앞을 지나쳐 가고 있었다.

"어휴. 덥다, 더워."

손으로 부채질을 하면서 주방을 가로지르는 남자, 성진성.

강민허는 목표를 포착하자마자 바로 행동을 개시했다.

"진성이 형. 이번 주 주말에 바빠?"

"경기에 나가지도 않는데 바쁠 리가 있나. 왜. 또 보육원 가게?"

내심 보육원 방문을 노리는 성진성이었다. 아이들을 보러 간다기보다는 윤민아를 보러 간다는 말이 어울릴 것이다.

강민허는 단칼에 성진성의 희망의 끈을 잘라 버렸다.

"아니. 다른 곳 가려고."

"뭐야. 그럼 다른 사람 찾아봐. 관심 없다."

윤민아에 관한 거 아니면 관심을 주려 하지도 않았다.

"이번에 이레이저 나인하고 나이트메어가 경기 하잖아. 마침 나한테 VIP 티켓 두 장이 들어왔는데. 같이 가자."

"왜 하필 난데."

"형이 제일 한가해 보여서."

"…요것 봐라?"

성진성은 눈을 흘겼다. 그의 반응에 강민허는 장난기 가득한 미소를 지었다.

"농담이야. 형은 이번에만 안 나가는 거고, 앞으로 계속해서 다른 경기에 팀전 멤버로 기용될 거니까 너무 실망하지 마. 감독님이 말했잖아? 형이 못해서 선발 명단에서 제외시킨 게 아니라 앞으로 다전제를 위해서 선수층을 두텁게 하기 위해 일부러 다른 선수들에게 출전 기회를 줬다고."

"알고 있어. 알다마다. 그것 때문에 설마 내가 삐치거나 하겠냐."

말은 그렇게 해도 어투에는 서운함이 잔뜩 묻어 나왔다.

성진성의 질투는 프로게이머로서 어찌 보면 당연한 것이었다.

가급적이면 많은 공식 경기에 나가서 자신의 커리어를 쌓고 싶어 하는 것이 프로게이머로서의 당연한 욕심이다. 물론 팀의 승리도 중요하지만, 그것을 위해 성진성의 출전 기회를 양보해야 했으니. 본인 입장에선 아쉬울 수밖에 없었다.

　이럴 때에는 기분 전환이 필요하다.

　"가서 다른 팀이 어떻게 경기하는지 직접 보는 것도 많은 도움이 될 거야. 연습도 중요하지만 다른 사람의 경기를 봐두는 것도 중요하니까. 지금 당장 경기에 안 나가는 것뿐이지, 프로게이머라면 언제든 출전 기회가 떨어졌을 때 문제없이 나갈 수 있도록 준비해 둬야 하잖아?"

　"짜식. 오늘따라 왜 이렇게 맞는 말만 해. 설득되게."

　이 말을 하는 순간, 이미 성진성은 강민허의 말에 넘어온 것과 다를 바 없었다.

　"그래, 가자, 가."

　"오케이. 고마워. 형 덕분에 심심하진 않겠네."

　이로서 같이 갈 사람이 정해졌다.

＊　　　＊　　　＊

　찜통 더위에도 불구하고 현장을 직접 찾은 사람들의 숫자는 상당히 많았다.

역대급 관중이라 할 수 있었다. 오늘의 경리 라인업은 무더위조차 막을 수 없었다.

강민허와 성진성은 밖에서 기다릴 거 없이 바로 경기장 안으로 향했다. 밖에 있어봤자 땀만 주륵 흘릴 뿐이었다. 안에 들어가서 시원한 에어컨 바람을 만끽하는 게 최고였다.

그러나 경기장 안에 들어섰음에도 불구하고 이들이 원하는 만큼의 시원함은 없었다.

바깥에 비해서 시원하긴 했지만, 열기가 장난이 아니었다.

에어컨을 틀었음에도 이 정도 열기라니. 강민허는 혀를 내둘렀다.

"어마어마하네."

"그러게나 말이다."

성진성은 뒤늦게 괜히 따라왔다는 후회가 들었다. 그냥 숙소에서 편하게 TV로 시청할걸. 속으로 이런 불만이 무럭무럭 피어올랐지만, 여기까지 왔는데 불평만 늘어놓아 봤자 서로 불쾌지수만 상승할 뿐이다. 그걸 잘 알기에 성진성은 침묵을 유지했다.

좌석에 앉아 있는 동안, 낯이 익은 남자가 강민허와 성진성이 앉은 곳으로 다가왔다.

"강민허 선수!"

로인 이스 온라인의 상징이라 할 수 있는 남자.

민영전 캐스터였다.

"안녕하세요!"

강민허와 성진성은 벌떡 일어서 민영전 캐스터에게 인사를 건넸다. 민영전 캐스터는 이들에게 있어서 e스포츠업계 대선배이기도 했다.

"오늘 구경하러 왔어?"

"네. 도백필 선수가 표 줘서 왔죠."

부탁은 강민허가 먼저 했다. 하지만 굳이 그 이야기까진 안 해도 될 거 같아서 과감히 생략했다.

"그래? 아무튼 잘 왔어. 재미있게 보다가 가. 오늘, 중계진들 사이에서도 대박 경기 나올 거 같다고 엄청 기대하고 있으니까."

"네, 알겠습니다. 오늘 중계, 힘내세요!"

"그래, 땡큐. 진성이도 힘내고."

"예!"

민영전 캐스터는 가끔 이렇게 선수들과 직접 대면해 짧게나마 대화를 나누곤 했다.

최근 메이저급 무대에 오를 기회가 많은 강민허는 단기간에 민영전 캐스터의 얼굴을 자주 보게 되었다.

그래서일까. 이제는 친근한 이웃집 형 같은 느낌이었다.

물론 형이라고 하기에는 나이가 좀 된다. 30대 후반으로,

한 가족의 어엿한 가장이기도 하다.

강민허와 성진성은 다시 자리에 앉아 무대에 시선을 고정했다.

머지않아 민영전 캐스터의 우렁찬 목소리와 함께 방송이 시작되었다.

경기에 임할 선수들은 방송이 시작되기 전부터 부스에 들어가 한창 장비 세팅에 열중하고 있었다.

도백필은 오늘, 대장전에 이름을 올렸다.

도백필의 모습을 보려면 적어도 경기가 1 대 1 스코어까진 가야 한다.

다른 팀은 몰라도, 나이트메어라면 이레이저 나인을 상대로 비등한 경기를 펼치리라 모두가 예상했다.

강민허도 마찬가지였다.

'얼마나 재미있는 경기가 나올지. 한번 지켜보도록 할까.'

오랜만에 참가 선수가 아닌 구경꾼의 입장이 된 강민허.

덕분에 마음은 한결 편했다.

강팀과 강팀이 붙으면 경기 내적인 요소뿐만 아니라 외적인 요소에도 꽤 많은 볼거리가 생긴다.

그중 하나가 바로 해당 팀을 응원하는 팬덤끼리의 기 싸움이었다.

이레이저 나인을 응원하는 팀과 나이트메어를 응원하는 팀은 서로 보이지 않는 기 싸움을 펼쳤다.

물리적인 충돌로 이어지진 않았다. 문제를 일으키는 건 본인이 응원하는 팀에게도 민폐이기 때문이었다.

팬들은 그 사실을 잘 아는 듯했다.

대신, 목이 터져라 응원을 해댔다.

성진성은 갑자기 후회가 들었다.

"귀마개 가져올 걸 그랬나."

"그러면 현장 관람을 온 의미가 없잖아."

강민허의 지적이 옳았다.

현장 분위기를 느끼고 싶어서 이곳에 온 것이다. 그런데 그 분위기를 거절하면, 온 보람이 없지 않은가.

ESA도 나름 인기가 많아진 팀이긴 했지만, 역시 이레이저 나인과 나이트메어 팀을 응원하는 팬들의 함성 소리에 비교할 만한 정도는 아니었다.

오랫동안 활동해 오면서 꾸준히 좋은 성적을 보여주는 팀은 이렇게 고정 팬들이 많아지는 법이었다.

ESA는 최근에 갑자기 인기가 올라서 아직 이레이저 나인과 나이트메어 팀원에게 비빌 만한 건덕지는 되지 않았다.

1세트 준비가 모두 끝났다.

코칭 스태프들은 부스에서 나왔다. 이제 부스 안에는 선수와 혹시 모를 부정행위를 감시하기 위해서 투입된 심판만이 자리를 잡았다.

선수들은 손을 풀었다.

그 뒤, 마우스와 키보드에 손을 올리면서 모니터에 시선을 고정시켰다.

"그럼 지금부터 첫 번째 세트를 시작하도록 하겠습니다!"

민영전 캐스터의 경기 시작 선언과 함께 대형 화면이 인게임으로 전환되었다

1세트는 시작부터 치열했다.

서로 공격적인 성향이 짙은 선수들이었기에 계속해서 공격, 또 공격을 감행했다.

손에 땀을 쥐게 하는 난타전이 이어졌다.

성진성의 입에서 감탄사가 흘러나왔다.

"와… 진짜 뭐라고 할 말이 없네. 저렇게 공격을 미친 듯이 퍼붓는데 회피할 건 회피하고, 공격할 건 공격하고. 본인이 할 건 다 하네. 저런 플레이가 가능하긴 하구나."

"가능해야 프로게이머 아니겠어?"

"말이야 쉽지, 저게 가능한 사람이 몇이나 되겠냐."

"형도 할 수 있잖아?"

"글쎄. 난 자신 없다."

자신감 하나로 먹고 살았던 성진성이었지만, 위의 세계를 경험할수록 점점 그 자신감은 하락할 수밖에 없었다.

상위 클래스에 포함된 선수들의 경기력은 그야말로 경이로운 수준이었다.

성진성은 명함도 못 내밀 정도였다.

하나 강민허는 다르게 생각했다.

"저런 사람들이랑 경쟁해야 형의 실력이 오르는 거야. 알잖아?"

"…이 녀석. 오늘따라 상당히 기분 나쁘게 옳은 말만 하네."

부정하고 싶어도 구구절절 맞는 말이었기에 뭐라 태클을 걸 수가 없었다.

강민허가 한 말이 맞았다.

실력자와 겨뤄야 본인의 실력이 느는 법이다. 언제까지 계속 같은 곳에서만 머무를 수는 없었다.

강민허는 계속해서 강한 상대를 추구했다. 처음부터 도백필을 자신의 라이벌로 지목한 것도 다 이러한 이유가 있어서였다.

사람은 목표가 높아야 그만한 노력을 한다.

강민허는 노력했다. 그리고 성공했다.

물론 강민허에게는 넘치는 재능이 있었다. 하나 재능 하나만으로 정점의 자리에 올라서는 건 매우 힘든 일이다. 재능에 노력이 따라야 한다.

이것을 모두 클리어한 강민허는 도백필을 누르고 정점의 자리에 올라섰다.

하나 아직 완벽하게 정점의 자리에 올라섰다는 말을 들을 수는 없었다.

아직 강민허가 재패하지 못한 리그가 있었기 때문이다.

그 리그가 바로 이곳, 프로 리그다.

강민허는 어떻게든 프로 리그에서 우승할 생각이다. 그래서 본인의 커리어를 더 쌓을 것이다.

우승하기 위해선 혼자서 잘하면 안 된다. 팀원들도 같이 잘해줘야 한다.

강민허는 같이 온 성진성이 좀 더 활약해 줬으면 하는 바람을 가지고 있었다. 성진성도 그럴 생각이었다.

두 사람이 대화를 주고받는 동안, 1세트는 어느덧 후반부로 치닫고 있었다.

"위기입니다! HP가 얼마 남지 않았어요!"

나이트메어의 이재형 선수가 우위를 점하기 시작했다.

난타전으로 가면 결국 정신력 싸움으로 이어질 수밖에 없었다.

누가 더 오랫동안 집중력을 유지하느냐. 이 싸움으로 모든 게 결정된다.

이재형 선수의 집중력이 상대방에 비해 더 좋았다. 경험의 차이가 보인 결과였다.

필살의 일격을 가하는 이재형 선수. 거의 마무리 일격이라 봐도 좋았다.

큼지막한 대미지가 들어가자, 상대 선수의 HP가 제로로 떨어졌다.

"GG! 나이트메어가 1세트를 먼저 가져갑니다!"

나이트메어를 응원하는 관중석은 그야말로 축제 분위기였다.

이에 비해 침울해진 이레이저 나인 응원석. 하나 이내 다시 기운을 되찾고 열띤 응원전을 펼치기 시작했다.

이제 겨우 1세트를 졌을 뿐이다. 아직 2경기나 남아 있었다.

2세트 팀전에서 승리를 거두고, 3세트까지 흐름을 이어가면 된다.

역전의 기회는 언제든 열려 있다. 멘탈만 잘 유지하면, 이 기회를 붙잡을 수 있을 터.

팀원들의 멘탈을 얼마나 관리해 주느냐.

거기에 따라 승패의 향방이 결정될 것이다.

*   *   *

2세트가 시작될 때, 강민허는 고개를 갸우뚱했다.

"어라?"

"왜 그래."

"예나가 안 나와서."

강민허는 나이트메어가 틀림없이 2세트에서 서예나를 보낼 거라고 생각했다. 포지션도 힐러. 팀전에 내보내기에는 딱 적합한 포지션이었다.

그럼에도 불구하고 서예나는 부스 안에 없었다. 벤치에서 경기 준비를 지켜보고 있었다.

성진성은 본인이 생각하는 가설을 들려줬다.

"우리처럼 다른 팀원들에게 출전 기회를 줘서 기량을 키우려고 하는 거 아닐까?"

"그럴 가능성이 제일 클지도."

충분히 현실 가능한 이야기였다. 서예나는 나이트메어 팀 내에서 힐러로서 독보적인 자리를 차지하고 있었다. 서예나 말고 나이트메어 팀 힐러는 누가 있을까 물어보면 떠오르는 선수가 없을 정도였다.

이것은 강점이자 단점이다. 힐러 포지션으로 내보낼 수 있는 선수가 서예나 한 명뿐이라는 건, 다시 말해서 상대 팀에게 쉽게 전력 분석을 당할 여지를 남기는 꼴이 된다.

나이트메어 팀 감독은 이 단점을 커버하기 위해 일부러 서브 힐러 포지션 선수를 양성하고자 서예나 말고 다른 선수를 내보냈다.

어차피 부담감은 없었다. 왜냐하면 1세트를 나이트메어가 가져왔으니까. 여기서 2세트를 패한다 하더라도 3세트에 기회가 남아 있다.

문제는 3세트에 출전할 선수가 도백필이라는 점이었다.

나이트메어 감독은 머리가 복잡했다.

"부담감 안 가지는 건 좋지만, 가급적이면 무조건 이긴다는 생각을 가지고 경기에 임해라. 알겠지?"

"네, 감독님!"

감독이 직접 부스 안으로 들어와 선수들을 격려했다. 특히 새롭게 힐러 포지션으로 커나갈 선수에게 집중해 많은 용기를 심어줬다.

3세트에 가서 도백필에게 패배하기라도 하면 오늘의 경기는 이레이저 나인이 무난하게 가져가는 그림이 나올 것이다.

이레이저 나인 코치진은 1세트를 내줬음에도 불구하고 크게 안달이 난 표정을 짓지 않았다. 오히려 본 경기는 이제부터라는 의욕을 불태우고 있었다.

민영전 캐스터가 준비 완료 신호를 받자마자 바로 2세트 경기 시작을 알리는 멘트를 날렸다.

"두 번째 세트를 지금 바로 만나보시겠습니다!"

또다시 시작된 이레이저 나인과 나이트메어의 경기.

팀전은 1세트 개인전에 비해서 일방적으로 경기가 흘러갔다.

이레이저 나인이 승기를 잡았다. 이레이저 나인이 잘했다기보다는 나이트메어 팀의 힐러 포지션으로 있는 신인 선수가 몇 차례 실수를 한 탓이었다.

결국 무기력하게 패배.

이로서 경기는 3세트로 넘어가게 되었다.

경기에서 패배했을 때가 코치진에게 있어서 가장 긴장되는 순간이다.

선수의 멘탈을 관리해 줘야 하기 때문이었다.

나이트메어 감독은 부스로 들어와 힐러 포지션을 맡은 선수를 위로했다.

"괜찮아, 잘했어. 너무 상심하지 마. 좋은 경험했다고 생각해."

"죄송합니다, 감독님… 제가 좀 더 잘했더라면……."

"넌 충분히 잘했어. 이레이저 나인을 상대로 이 정도 한 거면 정말 잘한 거야. 그러니까 기죽지 마."

나이트메어 감독의 실시간 멘탈 케어 덕분에 선수들은 금세 기운을 차릴 수 있었다.

*   *   *

이레이저 나인과 나이트메어의 경기는 3세트로 이어졌다.

응원석은 더더욱 열띤 함성을 보냈다. 강민허는 누가 이기든 간에 승자로서 어울리는 경기력을 보여줬다고 생각했다.

'강팀끼리의 경기는 이래서 볼 맛이 난단 말이야.'

한편, 성진성은 문득 궁금해졌다.

"네가 보기에는 누가 이길 거 같냐."

"이레이저 나인이요."

고민하는 모습을 조금도 보여주지 않았다. 즉답이었다.

"왜?"

"도백필 선수를 꺾을 사람은 나이트메어 내에선 없어요."

이것이 강민허가 이레이저 나인을 고른 이유였다.

비록 도백필이 강민허에게 결승전에서 패배하긴 했지만, 그의 기량은 여전했다. 아니, 오히려 예전보다 더 기량이 높아졌다.

도백필은 목표라는 게 없었다. 자신이 정점에 오른 탓에 위로 올라갈 곳이 보이지 않았다.

그런 그의 앞에 갑자기 강민허라는 존재가 등장했다.

강민허의 존재는 도백필에게 자극을 선사했다.

패배라는 경험. 그리고 아직 자신이 넘어야 할 산이 있다는 목표를 심어줬다.

덕분에 도백필은 한층 더 강해졌다.

불행하게도 각성한 도백필을 상대로 승리를 따낼 수 있는 선수는 나이트메어 팀원 중에서 존재하지 않았다.

그들은 마음 같으면 강민허를 용병으로 고용해 내보내고 싶을 것이다.

도백필을 상대할 수 있는 선수는 오로지 강민허뿐이니까.

그러나 강민허는 ESA 소속이다. 나이트메어 감독은 관중석에 앉아 있는 강민허를 바라보면서 입맛을 다셨다.

'우리 팀 선수였다면 얼마나 든든할까.'

이런 상황이 와도 고민하지 않았을 것이다.

3세트가 시작하자마자 도백필은 상대 선수를 폭풍처럼 몰아붙였다. 이런 적극적인 공격을 퍼붓는 도백필은 실로 오랜만이었다.

도백필이 공격을 감행하자, 나이트메어 선수는 당황한 나머지 제대로 반응을 할 수가 없었다.

정신을 못 차리는 틈을 도백필은 계속해서 찔러댔다.

그 결과.

"도백필 선수! GG를 받아냅니다! 이레이저 나인의 승리입니다!"

이레이저 나인 VS 나이트메어.

결과는 이레이저 나인의 승리로 끝나게 되었다.

　　　　　*　　　　*　　　　*

　강민허의 예상대로 이레이저 나인은 승리를 가져가게 되었다.

　강민허는 성진성과 함께 경기장을 떠났다.

　이제 이들은 다시 숙소로 돌아가서 열심히 연습을 감행해야 한다.

　나이트메어는 한 번 패배해도 크게 상관이 없었다. 왜냐하면 따놓은 승점이 많았으니 말이다.

　그러나 ESA는 달랐다.

　이제부터 한 경기라도 내주면 안 된다.

　돌아가는 와중에 강민허는 성진성에게 겁을 줬다.

　"진성이 형, 가면 빡세게 연습할 거니까 각오해."

　"왜 내가 각오해야 하냐."

　"형이 활약해 줘야 나도 편해지니까."

　"하여튼 이 녀석."

　이번에도 맞는 말이었기에 성진성은 뭐라 할 말이 없었다.

제33장
ESA VS FL

제33장
ESA VS FL

숙소로 돌아온 강민허는 혼자서 오늘의 경기를 다시 한번 모니터링하기 시작했다.

딱히 안 봐도 상관없었다. 어차피 이미 한 번 본 경기였으니까.

강민허는 1, 2세트 경기는 전부 다 스킵했다. 그가 보고 싶어 하는 경기는 따로 있었다.

도백필의 경기였다.

도백필은 강민허에게 패배한 이후, 실력이 더 상승했다.

패배는 도백필에게 절망감이 아닌 의욕을 심어줬다. 그 의

욕을 뒤쫓다 보니 도백필은 예전에 비해 훨씬 더 좋은 경기력을 보유할 수 있게 만들어줬다.

"대단하네."

사실 강민허는 도백필의 단점이 바로 '정체(停滯)'라고 생각했었다.

도백필은 성장이 없는 남자다. 왜냐하면 데뷔 때부터 완성된 완성형 프로게이머였으니까.

성장력이 없는 프로게이머는 인간미가 없다. 그래서 도백필은 초기에 로봇 같은 프로게이머라는 별칭을 들은 바 있었다.

퍼펙트 게이머, 도백필.

그랬던 남자가 강민허라는 남자를 만나 패배를 겪었다. 강민허가 생각했던 정체라는 것을 극복했다.

도백필은 성장했다.

그리고 더 강해졌다.

경기를 보는 내내 그런 생각이 들었다.

그러나 강민허는 오히려 이 현상이 좋았다.

"나쁘지 않아. 상대가 강해져야 게임하는 재미가 있지."

실력이 업그레이드된 도백필을 보고 여유 있는 미소를 지을 수 있는 선수는 강민허가 유일할 것이다.

한편, 강민허의 모니터링 상황을 실시간으로 지켜보던 나선형 코치는 어이가 없었다.

"도백필 선수가 강해진 게 그렇게 좋아?"

"네. 다음에 맞붙게 되면 더 재미있는 경기를 펼칠 수 있을 거 같아서 기쁘네요. 벌써부터 도백필 선수랑 붙고 싶어요."

"연락해서 PvP 한판 해보자고 그러지. 서로 많이 친해졌다며?"

"코치님. 연습용 게임보다 실전 무대에서 대결하는 게 훨씬 재미있잖아요. 제가 바라는 대결은 그런 대결입니다. 안 그래요?"

"고놈 참……."

물론 나선형 코치도 이해는 한다. 하지만 공감은 할 수 없었다.

다른 선수들은 목숨 걸고 하는 게임을 강민허는 재미 위주로 하다니. 이래서 성진성이 강민허랑 같이 붙어 다니면 자주 멘탈 붕괴를 하는가 보다.

그래도 강민허 덕분에 ESA 멤버들은 달라졌다. 그의 긍정적인 멘탈, 그리고 실력적인 면을 보고 선수들은 많이 배웠다.

실제로 프로 리그에서 준플레이오프를 노릴 정도로 팀 성적이 좋아졌다. 이대로 계속 가면, 잘하면 준플레이오프를 넘어 플레이오프, 그리고 결승까지 진출하는 것도 꿈은 아닐 터.

그러기 위해서라도 강민허의 힘이 필요하다.

"다음 주에 경기 있는데. 누구 상대할지는 알고 있지?"

"네, 일단은요."

강민허는 '일단은'이라는 표현을 사용했다.

선수는 누군지 알고 있었다.

주성완 선수.

문제는 따로 있었다.

"정보가 전혀 없던데요."

신인 중에서도 신인이다. 심지어 다음 주에 강민허와 맞붙는 경기가 주성완 선수의 데뷔전이다.

나선형 코치는 난감한 듯 멋쩍은 미소를 지었다.

"그러게 말이다. 우리들도 나름 자료를 찾아보려고 노력했는데, 전혀 못 찾겠더라. 아마추어 시절 때의 경기 영상도 없어. 어디 대회를 나갔던 경력도 없고. 진짜 생짜 신인이더라."

"그런 신인들이 더 무섭죠."

정보가 알려지지 않은 선수가 가장 무섭다. 강민허는 그렇게 생각했다.

요즘 같은 시기에 정보전은 필수다. 상대 선수가 어떤 플레이를 구사하는지 알고 있어야 그 선수를 공략하는 게 훨씬 쉬워진다.

아무리 유명한 선수라 하더라도 공략당할 수 있는 데이터가 많으면, 상대가 신인이라 하더라도 죽창 맞기 일쑤다.

강민허가 걱정하는 게 바로 이거였다.

이미 강민허의 플레이 스타일은 모든 선수들에게 다 퍼졌다. 경기를 가질 때마다 강민허는 파훼법을 들고 오는 프로게이머들과 맞서지 않으면 안 될 지경이었다.

아직까지는 상대 선수들 중에서 강민허를 완벽하게 파악한 선수는 존재하지 않았다. 심지어 도백필조차 강민허를 공략할 수 있는 방법을 찾아내지 못했다.

강민허 스타일이 아직까진 유효하지만, 평생 유효하란 법은 없었다.

시간이 흐름에 따라 강민허도 그에 맞춰서 변화해야 한다. 그래야 계속해서 다른 선수들에게 견제를 당하지 않고 좋은 성적을 유지할 수 있을 것이다.

"내가 들은 바에 의하면 말이다."

나선형 코치가 중간에 이런 이야기를 꺼냈다.

"FL이 너 잡기 위해서 특별히 양성한 스페셜리스트라고 하더라."

"저 하나 잡겠다고요?"

"너 정도면 그럴 만한 가치가 있지."

"예전에 이런 비슷한 경우가 있지 않았나요?"

"있었지. 최우성 선수 있잖아. 이레이저 나인 2군 리그에서 봤었던 그 선수. 벌써 까먹은 거냐."

"이름은 까먹었어요. 그날 이후 서로 본 적이 없으니까요."

강민허를 잡기 위해서 이레이저 나인이 준비했던 강민허 한정 죽창 선수, 최우성.

그러나 그 전략은 실패했었다.

FL이 이번에 이레이저 나인에 이어 두 번째로 강민허에게 죽창 꽂아 넣기 작전에 시도하고 있는 셈이었다. 물론 이게 통할지 말지는 뚜껑을 열어봐야 안다.

강민허는 상대 정보를 전혀 모른다. 그러나 상대는 넘칠 정도로 강민허에 관련된 정보를 많이 가지고 있다.

강민허는 어떻게 연습을 해야 하는 걸까.

답은 정해져 있었다.

"저는 그냥 평소 연습하던 대로 준비할게요."

"괜찮겠어?"

"방법이 그것밖에 없잖아요."

"하긴, 그렇지."

빠르게 수긍하는 나선형 코치였다.

코치진 입장에서 사실 강민허에게 뭐라고 할 만한 건덕지가 없었다. 왜냐하면 그들도 강민허에게 도움이 될 만한 정보를 제공해 주지 못했으니까.

＊　　　＊　　　＊

ESA 대 FL 경기가 펼쳐지기까지 앞으로 남은 기간은 3일.

3세트 대장전에서 강민허를 상대하게 된 주성완 선수의 패턴은 그야말로 폐인 그 자체였다.

눈 뜨면 게임하고. 밥 먹자마자 다시 게임하고. 밤늦은 시간까지 게임하다가 잠이 든다.

이런 패턴을 2주 내내 하고 있었다.

스파링 상대가 지쳐서 나가떨어질 지경이었다. 주성완의 연습 상대로 3명이 로테이션을 돌면서 해주고 있음에도 불구하고 주성완은 지칠 줄 모르는 체력을 앞세워 계속해서 연습에 매진했다.

하나 3일이 남았을 시점부터는 컨디션 관리에도 신경을 써야 했다.

FL 코치는 한창 게임 삼매경에 빠져 있는 주성완의 어깨를 툭툭 건드렸다.

고개를 돌려 코치를 쳐다보는 주성완.

"무슨 일이신가요, 코치님?"

"연습에 매진하는 건 좋은데, 슬슬 컨디션 신경 쓰라고 감독님께서 전해달라 말씀하시더라."

"아… 네. 그래야죠. 3시간만 더 하다가 잘게요."

"3시간? 지금 새벽 3시인데? 동틀 때까지 하려고?"

"네."

"너, 몇 시에 일어나는데?"

"오전 11시에는 일어나요. 점심 먹기 전에는 반드시 일어나니까 경기 당일날 지장을 줄 몸 상태로 만들진 않겠습니다."

본 경기는 오후 5시부터 시작된다. 11시에 일어나는 주성완에겐 문제없는 시간대였다.

다 좋지만, 너무 무리하는 건 좋지 않다.

"오늘은 일찍 자."

"그래도……."

"어허. 코치님이 말씀하시는데 토 달기 있기 없기?"

"그렇다면… 알겠습니다."

주성완은 신인 중에서도 신인이었기에 코치의 말을 절대적으로 받아들일 수밖에 없었다.

프로게이머 생활을 시작한 지 이제 한 달밖에 되지 않았다. 그럼에도 불구하고 이런 신인을 프로 리그에, 그것도 대장전에 내보내는 건 상당한 도박이다.

하나 FL 코치진의 생각은 달랐다.

주성완이 씻기 위해 자리를 비운 사이에 FL 주장, 조민후가 코치에게 다가왔다.

"성완이 녀석, 드디어 자러 들어갔나 보네요."

"억지로 자게 했지."

"잘하셨어요, 코치님."

"근데 너는 안 자냐?"

"…그러게요."

주성완이 너무 늦은 시간까지 게임한다고 잔소리를 늘어놓으려고 했던 코치는 그 대상을 바꾸기로 했다.

다음 대상은 조민후였다.

"너도 ESA 경기 때 나가잖아. 선봉으로 나갈 녀석이 컨디션 조절 안 하고 뭐하냐."

"하하하, 죄송합니다. 저도 바로 자러 갈 준비할게요."

FL 팀은 여타 다른 팀에 비해 연습량이 상당하기로 유명했다.

코치진들이 일부러 연습량을 늘리게끔 한 게 아니었다. 숙소 분위기 탓이었다.

여러 선수가 자발적으로 연습량을 늘리다 보니 자연스럽게 다른 선수들도 영향을 받아 숙소의 전체적인 게임 연습량이 많이 늘게 되었다.

연습량이 늘은 덕분에 FL 팀의 성적은 전체적으로 상향세를 기록했다.

원래 FL팀은 ESA만큼 성적이 안 좋은 팀이었다. 그러나 다 같이 화이팅해 보자는 분위기가 굳어지기 시작하면서 상위권을 노릴 만한 팀으로 성장하게 되었다.

프로게이머의 세계에선 연습이 상당히 중요하다. 재능도 물론 중요하긴 하지만, 연습량이 받쳐주질 못한다면 재능은 아무짝에도 쓸모가 없다.

연습, 그리고 상대를 얼마만큼 잘 분석했느냐. 이 차이가 승패의 분수령이 된다.

그 점에 있어서 주성완은 두 가지를 다 가졌다.

연습량으로 따진다면 강민허보다 많을 것이다. 물론 강민허도 적지 않은 편이었다. 하나 잠자고 밥 먹고 하는 시간 외에 전부 연습에 투자하는 주성완보다는 뒤쳐질 수밖에 없었다. 강민허는 기본적으로 개인 방송이라는 콘텐츠를 계속하고 있었기 때문이었다. 이 개인 방송이 시간을 많이 잡아먹는다. 적어도 하루에 3시간 이상은 방송을 진행하고 있었기에 연습량으로 따지면 주성완보다 부족한 건 당연했다.

그리고 상대방의 분석 수준도 주성완이 강민허보다 앞선다. 강민허는 공개된 자료가 너무 많다. 그래서 어렵지 않게 강민허에 대한 정보를 많이 얻을 수 있었다.

강민허의 플레이 스타일을 원 없이 분석했다. 그리고 공략 방법도 알아냈다.

프로 리그는 개인 리그처럼 3전 2선승제가 아닌 개인별 단판 승부다. 3전 2선승제였다면 틀림없이 주성완이 강민허에게 패배할 것이다. 그러나 단판은 신인이 기성 프로게이머를 잡아내는 일이 생각보다 많이 일어난다.

FL 코치진은 그걸 노린 것이다.

"모든 상황이 성완이에게 유리하게 갖춰졌어. 성완이라면, 우리의 기대에 충분히 부응해 줄 거야."

"저도 그렇게 믿고 있습니다."

주장인 조민후도 코치진과 같은 생각이었다.

모든 요건을 다 갖춘 주성완. 그러나 유일하게 갖추지 못한 게 하나 있었다.

재능의 차이였다.

그 재능의 차이를 주성완은 다른 요소들로 메꾸기로 했다.

얼마나 메꿀 수 있을지는 솔직히 코치진도, 그리고 조민후 주장도 잘 알지 못했다.

"그러고 보니 민후. 너, 강민허 선수랑 붙어본 적 있냐?"

"아니요. 없습니다."

"흠, 그래?"

"붙어봤으면 성완이에게 도움이 될 만한 조언을 해줬을 텐데. 아쉽네요."

"아니면 네가 3세트로 갈래?"

"하하, 성완이의 기회를 빼앗고 싶진 않습니다."

강민허를 쓰러뜨리는 건 주성완의 임무다.

공적을 기록할 수 있는 찬스를 선배로서 빼앗는 건 모양새가 좋지 않았다.

경기 당일.

양 팀의 선수들은 경기장에 도착하자마자 대기실로 향했다.

오늘은 ESA에게 있어서 매우 중요한 경기가 될 것이다. 아니, 오늘 경기뿐만 아니라 매 경기가 ESA에겐 중요한 의미가 담긴 경기였다.

준플레이오프에 진출하느냐 마느냐가 걸려 있기 때문이었다.

이제부터 단 한 경기도 져선 안 된다. 지는 즉시 준플레이오프 진출에 실패한다. 한 경기, 한 경기가 살얼음판을 걷는 기분이었다.

이들 중 유일하게 강민허만이 평정심을 유지했다.

"다들 너무 긴장하지 마세요. 과한 긴장은 오히려 게임을 망치는 법이니까요."

코치가 해야 할 역할을 강민허가 했다.

1세트에 임하는 조민학은 그래도 괜찮은 편이었다. 개인 리그 경력은 그렇게까지 두드러지지 않은 선수였지만, 프로 리그에는 자주 선봉으로 나왔던 선수였기에 특별히 엄청 긴장하는 모습을 보이진 않았다.

문제는 2세트에 참가하는 선수들이었다.

배상연이 주장으로 있는 ESA 2팀 멤버들. 이들은 긴장감에 어쩔 줄 몰라 하는 모습을 자주 보였다.

동공 지진은 기본이오, 다리를 떠는 제스처를 보이는 등 극도의 불안 증세를 보였다.

허태균 감독은 이들을 진정시켰다.

"너무 그렇게 불안해하지 마라. 너희가 진다고 팀이 없어지는 것도 아니고, 지구가 멸망하는 것도 아니야. 그러니까 마음 편하게 가지고 경기에 임해. 알았지?"

"네, 네! 감독님!"

"최, 최선을 다하겠습니다!"

너무 긴장했다. 긴장한 티가 역력히 났다.

어쩔 수 없었다. 세 사람 다 공식 무대를 많이 가져본 적이 없는 선수들이었기 때문에 이런 현상은 당연했다.

강민허는 빠르게 머리를 굴리기 시작했다.

강민허가 3세트에 나오긴 했지만, 오늘의 경기가 3세트까지 오지 않으면 강민허의 출전 의미가 없어진다.

"민학이 형."

"어, 왜?"

"형이 오늘, 무조건 이겨주서야겠어요."

강민허는 목소리를 죽인 채 그에게만 들리게끔 조용히 말했다. 조민학은 강민허가 왜 이런 말을 하는지 알고 있었다.

긴장에 사로잡힌 2팀 멤버들은 솔직히 말해서 이길 가능성이 없어 보였다. FL 팀은 팀전 에이스 멤버들만 조합해 출전시켰다. ESA 팀전 1군 멤버들이 나서도 이길 수 있을지 없을지 장담을 못 하는 상황에서 2군 멤버들이 과연 얼마나 활약해 줄 수 있을지 모르는 상황이었다.

솔직히 기대는 크지 않았다. 코치진도 마찬가지였다.

이들이 생각한 가장 이상적인 방향은 1세트를 이기고 2세트를 내주더라도 3세트까지 어떻게든 경기를 이끌어간다. 그렇게 되면 강민허가 알아서 해줄 것이다.

제일 좋은 방법은 2 대 0으로 이기는 거긴 하지만, 가능성이 크진 않았다.

조민학에게 기운을 북돋아주기 위함인지 강민허는 그의 어깨를 주물러 줬다. 이후, 강민허는 팀전 2군 주장인 배상연과 마주쳤다.

"상연아."

"어?! 어… 왜?"

배상연은 화들짝 놀라는 반응을 보였다.

강민허와 배상연, 두 사람은 동갑이다. 로인 이스 온라인 프로 선수 경력은 배상연이 강민허보다 높았다. 트라이얼 파이트 7 경력까지 합치면 강민허가 배상연보다 높긴 했다.

동갑인 두 사람은 평상시에 서로 말을 놓고 친하게 지내는 사이였다.

"오늘, 잘할 수 있지?"

"솔직히… 모르겠어."

자신 없는 모습을 보이는 배상연이었다. 그가 이렇게 자신감이 없으면 안 된다. 왜냐하면 그가 2군 팀전의 리더였으니까.

"어떤 게 모른다는 거야? 말해봐."

"상대 선수들이 너무 강한 거 같아서. 우리가 이길 수 있을지 장담을 못 하겠어."

"그런 게 어디 있어. 기죽지 마. 상대가 잘한다고 해도 무조건 상대가 이긴다는 보장은 어디에도 없어. 날 봐봐."

강민허는 혼자서 그런 편견들과 맞서 싸웠다.

그 결과.

2군 리그, 개인 리그에서 우승을 거머쥐었다.

강민허는 기적을 만들어온 남자였다. 배상연은 그런 강민허의 발자취를 보면서 솔직히 부럽다는 생각을 가졌다.

로인 이스 온라인 프로게이머 경력은 배상연이 많은데도 불구하고 팀에 들어온 지 얼마 안 된 강민허는 중견 프로게이머 이상의 커리어를 기록하고 있었다. 게다가 동갑이라 그런지 더더욱 강민허와 비교되었다.

강민허가 주인공이라면, 배상연은 스스로를 엑스트라라고 생각했다.

단역조차도 안 되는 엑스트라.

강민허는 배상연의 단점이 이거라고 생각했다.

절대적인 자신감 부족.

"이봐, 친구. 넌 충분히 실력 있는 선수야. 감독님하고 코치님들도 맨날 말씀하셨잖아. 괜히 너를 경기에 올려 보내는 게 아니야. 잘할 수 있을 거 같으니까 내보내는 거지. 물론 상대는 강해. 하지만 패배할 확률은 제로가 아니야. 우리가 이길 가능성이 0.1퍼센트라도 남아 있으면, 거기에 승부를 거는 게 바로 우리 프로게이머들이 해야 할 일 아니야?"

"……."

배상연은 말없이 고개를 끄덕였다.

특히 강민허 본인이 이런 말을 하니 더욱 와닿았다.

할 수 있다. 강민허는 배상연에게 용기를 심어주고 싶었다.

* * *

선봉으로 나선 FL팀의 주장, 조민후가 부스 안으로 들어섰다. 조민학 역시 부스 안으로 들어가 장비 세팅에 집중했다.

강민허의 시선은 FL 부스 쪽으로 고정되었다.

'저 사람이 FL 팀 주장인가.'

알고는 있었다. TV로 조민후의 얼굴을 몇 번 본 적도 있었다. 그러나 이렇게 실물로 보는 건 처음이었다.

조민후는 FL 팀에서 가장 경력이 오래된 선수였다. 프로게이머 경력만 자그마치 8년! 오랜 시간동안 기복 없이 꾸준히 선발 명단에 이름을 올렸다. 뿐만 아니라 조민후는 데뷔를 FL에서 맞이한 선수였다. 여태까지 단 한 번도 타 팀으로 이적한 적이 없었다. FL 그 자체라 할 수 있었다.

이것만 하더라도 조민후라는 존재가 FL 팀에서 차지하는 비중이 얼마나 큰지 알 수 있었다.

조민후를 보자, 강민허는 불현듯 조민학이 질지도 모른다는 불안감이 들었다.

기백이 장난이 아니었다.

'위험할지도.'

ESA 코치진이 생각하는 시나리오에서 벗어나는 결과가 발생할지도 모른다는 생각이 강민허를 엄습했다.

1세트는 무조건 가져온다. 이것이 ESA 코치진의 전략이었다.

조민학은 최근 프로 리그에서 좋은 기세를 보여주고 있었다. 뿐만 아니라 성적도 괜찮게 유지하는 중이었다. 이러니 코치진이 조민학에게 거는 기대가 클 수밖에 없었다.

조민학도 이 기대에 부응하고자 열심히 노력하고 싶었다.

그러나.

막상 경기에 들어가니 생각보다 어려웠다.

경기 시작과 동시에 조민후는 조민학을 바로 밀어붙이기 시작했다.

이름이 비슷한 두 선수. 그러나 스타일은 극명하게 갈렸다.

원거리에서 압도적인 공격력을 뿜어내면서 조민학을 농락하는 조민후. 상대는 궁수다. 조민학이 달라붙으려고 하면 거리를 벌린 후에 다시 공격하는 패턴을 반복했다.

강민허는 조민후가 보여주는 패턴을 최근에 당한 적이 있었다. 그러나 강민허는 그것을 반격기로 극복해 냈다.

하나 조민학은 반격기를 마음대로 사용할 수 있을 정도의 실력이 부족했다.

반격기를 잘 사용하는 선수는 프로게이머들 사이에서 찾아보기 힘들었다. 조민학이 못해서가 아니었다.

계속해서 유린당하는 조민학. HP가 점점 떨어질수록 ESA 벤치에 앉아 있는 사람들의 표정은 굳어져 갔다.

결국 조민학은 조민후의 견제 공격에 버티질 못하고 GG를 선언했다.

"안 좋은데."

허태균 감독의 말이었다.

이들이 생각한 시나리오는 이게 아니었다. 1세트는 무조건 가져온다는 심산으로 경기를 준비했는데, 시작부터 틀어지게 되었다.

이제 남은 건 2, 3세트.

만약 2세트를 지게 된다면, 강민허는 출전 기회조차 잡지 못하게 될 것이다.

2세트 준비를 위해 선수들이 부스에 입장하기 시작했다.

가운데에 배상연이, 좌측과 우측에 그와 같이 팀전에 참가하게 된 선수들이 자리를 잡았다.

허태균 감독과 오진석 코치가 부스에 같이 들어갔다.

그런데 분위기가 뭔가 이상했다.

"우리, 경기에 들어가기 전에 파이팅 한 번 외치고 가자."

갑자기 배상연이 파이팅을 제안했다. 두 선수는 배상연의 말에 귀를 의심했다.

"파이팅이요?"

"어, 파이팅."

"갑자기 안 하던 걸 하시고… 무슨 일 있어요? 혹시 주장처럼 상연 선배도 징크스 같은 거 있어요?"

"아니, 우리 분위기가 너무 축 쳐져 있는 거 같아서. 분위기 끌어 올리려고 일부러 파이팅이라도 하자고 한 건데."

배상연이 주도적으로 나서서 이렇게 기합을 끌어 올리는

행동 같은 걸 허태균 감독과 오진석 코치는 여태껏 본 적이 없었다.

그러나 나쁜 모습은 아니었다.

오진석 코치는 재빨리 배상연의 말에 찬성했다.

"그래, 파이팅하고 가자. 감독님! 저희도 같이하죠!"

"어?! 나는 됐… 아니다. 같이하자."

감독이라고 체면치레 할 시간이 어디 있겠나. 지금은 본인의 체면을 챙기는 것보다 선수들의 사기를 끌어 올리는 게 더 중요했다.

허태균 감독까지. 다섯 명이 전부 다 한곳으로 손을 모았다.

"파이팅 구호는 상연이, 너한테 맡기마. 네가 하기로 했으니까."

"네!"

배상연은 여태껏 들려주지 않았던 큰 목소리로 외쳤다.

"ESA 파이팅!!!"

"파이팅!!!"

여느 때와 다른 기합이 넘치는 파이팅 구호였다. 부스 바깥까지 다 들릴 정도였다.

한편, 바깥에서 부스 안의 상황을 지켜보던 강민허는 자신도 모르게 미소를 지었다.

"상연이가 힘 좀 내줄 거 같네."

*　　　　*　　　　*

2세트는 반드시 이겨야 한다! 이 일념을 가지고 배상연과 선수들은 경기에 임했다.

'민허에게 바통을 넘겨줘야 해!'

불리한 상황에서 3세트까지 경기를 끌고 가게끔 해주는 것이 2세트 팀전에 나서는 선수들의 역할이다.

이긴다! 무슨 일이 있어도!

경기에 들어가자마자 배상연은 같은 팀원들에게 지시를 내렸다.

"딜러부터 잡자! 내가 상태 이상 스킬 적중시키면, 공격 스킬 그쪽으로 다 퍼부어!"

"알겠습니다!"

"형만 믿을게요!"

배상연의 속박 스킬이 시전되었다.

논 타겟팅 스킬이었기에 상대방에게 맞추는 게 쉽지 않았다.

그러나 배상연은 첫 타에 상대 딜러에게 속박 스킬을 적중시켰다.

"이런!"

FL 팀 선수의 입에서 작은 비명이 튀어나왔다.

설마 이걸 맞을 거란 생각은 하지 못했다.

"지금이다!"

배상연의 총공격 명령이 떨어졌다.

3 대 3이었기에 한 명을 세 명이 집중 공격 하면 순식간에 아웃시킬 수 있었다.

딜러를 아웃시키는 데에 성공한 배상연의 팀.

이 기세를 몰아 배상연은 다시 한번 속박 스킬을 상대 서브 딜러에게 명중시켰다.

"우와, 상연이 형! 오늘 무슨 날이에요?! 왜 이렇게 스킬을 잘 맞춰요!"

"감탄은 나중에 하고 공격부터 해!"

"네!"

공세를 몰아붙여 서브 딜러마저 아웃시키는 데 성공했다.

남은 한 명을 아웃시키는 건 간단했다.

ESA 팀 세 명 생존. FL 팀은 전원 아웃.

"그렇지!"

배상연은 두 주먹을 불끈 쥔 채 위로 추켜올렸다.

설마 했던 승리.

이로써 ESA와 FL의 경기는 3세트까지 가는 접전을 만들어냈다.

　배상연과 2세트 팀전에 참가한 프로게이머들의 대활약으로 ESA는 기적적으로 FL과의 경기를 3세트까지 끌고 가게 되었다.

　FL의 코치진은 혀를 찼다.

　2세트에서 승점을 따내고 깔끔하게 오늘의 경기를 승리로 장식하는 것이 FL의 노림수였다. 그러나 이 계획은 2세트에서 벌어진 변수로 인해 실패하게 되었다.

　반대로 ESA는 절호의 기회를 맞이했다.

　자리에서 천천히 일어서는 강민허. 그를 향해 팬들의 응원이 쏟아졌다.

　"강민허 파이팅!!!"

　"믿는다, 강민허!!!"

　"반드시 이겨야 해! ESA 결승 가즈아아아아아!"

　팬들의 열정적인 응원에 강민허는 손을 들어 화답했다.

　구구절절 말로 화답할 필요는 없었다. 그것은 승자 인터뷰에서 하면 된다.

　FL의 주성완도 강민허처럼 많은 응원을 받으며 부스로 향했다.

　주성완은 이 경기가 프로게이머로서 첫 데뷔 무대다. 주성완은 크게 심호흡을 했다.

대강민허용으로 내보낸 선수지만, 주성완은 신인 중에서도 신인이다. 긴장감은 어쩔 수 없었다.

FL 코치진이 올라와 주성완의 긴장을 풀어주기 위해 좋은 말들을 들려줬다.

"너무 긴장하지 마라, 성완아. 연습 때 해왔던 플레이를 그대로 보여주기만 하면 돼. 여기는 숙소라고 스스로 최면을 걸어. 알겠지?"

"아, 알겠습니다!"

주성완은 말을 더듬었다. 아직 긴장감이 사라지지 않은 탓이었다.

어쩔 수 없는 현상이었다.

강민허도 처음에는 긴장했었다. 그러나 지금은 아니다.

부스 건너편을 바라보는 강민허. 오진석 코치는 강민허의 어깨를 주무르면서 물었다.

"어때. 이길 거 같아?"

"모르죠. 주성완 선수가 어떤 성향의 선수인지 아무것도 모르는 상황이니까요."

"하긴, 그렇지."

주성완의 정보는 철저하게 비공개였다. 공개한다 하더라도 자료가 없었기에 의미가 없었다.

강민허는 지금부터 미지의 적과 싸워야 한다.

자신보다 약한지, 아니면 강한지. 그것도 모르는 채 전장으로 향하는 이 기분.

그러나 강민허는 무섭다거나 두려운 감정은 들지 않았다.

오히려 호기심이 강하게 들었다.

'어떤 선수인지 한번 보도록 할까?'

이 와중에 강민허는 내심 이런 기대를 가졌다.

도백필보다 더 재능 넘치는 게이머였으면 좋겠다고.

*　　　　*　　　　*

크게 심호흡을 한 주성완은 뒤에서 대기 중인 심판의 물음에 뒤늦게 정신을 차렸다.

"주성완 선수. 준비 다 되었으면 대기실로 들어가서도 좋습니다만. 아직 세팅 안 끝났습니까?"

"아, 아니요! 끝났습니다!"

세팅은 진작 마쳤다. 그저 들어가는 걸 깜빡했을 뿐이었다.

긴장한 나머지 이런 기본적인 것들을 잊고 있었다. 어지간히 긴장했나 보다.

하기야. 상대는 그 유명한 도백필조차 제압한 최고의 기량을 지닌 선수, 강민허다.

긴장을 안 한다는 게 더 이상할 것이다.

대기실에 들어서자 강민허는 채팅을 쳤다.

오늘 경기, 잘 부탁한다는 내용의 간단한 채팅 문구였다.

주성완도 답장을 보냈다.

그러나 손이 떨린 모양인지 오타를 내고 말았다.

죄송하다고 사과하는 주성완. 강민허는 그럴 수 있다면서 그의 사과를 받아들였다.

이런 가벼운 헤프닝이 벌어지는 사이에, 무대에서는 민영전 캐스터가 경기 시작을 알리는 멘트를 외쳤다.

"지금부터 ESA와 FL! FL과 ESA의 마지막 3세트 경기를 시작하도록 하겠습니다!"

이번 프로 리그에서 ESA와 FL가 붙는 경기는 이번이 마지막이다. 두 팀이 준플레이오프, 플레이오프, 그리고 결승전에 올라가지 않는 이상은 말이다.

FL은 잘하면 플레이오프까지 노려볼 수 있는 성적을 지닌 팀이었다. 그러나 ESA는 달랐다.

아무리 잘해봤자 준플레이오프. 그것도 남은 경기들을 한 번도 패배하지 않아야 한다. 그래야 자력으로 준플레이오프를 확정짓는다.

어려운 길이다. 그러나 강민허는 자신이 있었다.

우선은 FL을 꺾는다. 그것이 강민허의 목표였다.

경기에 들어가자마자 강민허는 먼저 주성완에게 접근했다.

신인이 아무리 실력과 재능을 겸비하고 있다 하더라도 공통적으로 크나큰 약점을 지니고 있었다.

바로 긴장이다.

주성완은 채팅을 칠 때, 오타를 낼 정도로 많은 긴장을 하고 있었다. 강민허는 이 긴장감을 이용해서 주성완을 괴롭히기로 했다.

빠른 속도로 다가오는 강민허의 라울. 주성완은 침을 꿀꺽 삼켰다.

주성완이 꺼내 든 클래스는 도적이다.

민첩한 공격과 빠른 움직임, 그리고 기교 넘치는 스킬이 장점인 클래스였다.

높은 공격력을 지니고 있지만, 단점이 있었다.

바로 방어력과 체력이 낮다는 점이었다.

이 단점은 강민허와 같았다.

서로 한 방 싸움이 될지도 몰랐다. 그럼에도 강민허는 과감하게 접근을 시도했다.

강민허가 다가옴을 알아차린 주성완은 바로 스킬을 시전했다.

퍼엉!

화면이 연막에 가려졌다.

민영전 캐스터의 목소리 톤이 상승했다.

"주성완 선수! 연막 스킬을 사용했습니다! 강민허 선수의 추격을 따돌리기 위함인가요?"

"글쎄요. 제가 보기에는 추격을 따돌린다기보다는 상대방을 교란시키고 빈틈을 찌르겠다는 전략인 거 같군요."

하태영 해설 위원의 예상은 정확했다.

연막이 펼쳐지자마자 주성완은 강민허의 뒤로 돌아 들어가 공격을 감행했다.

단검 찌르기 스킬을 시전하는 주성완. 도적의 기본 스킬이다. 그러나 스킬에 즉사 확률이 붙어 있었기에 재수가 없으면 한 번 맞고 그대로 아웃을 당할 수도 있었다.

물론 즉사 당할 확률이 큰 건 아니었다. 그러나 정말로 재수가 없으면 즉사 판정이 뜨긴 한다. 100경기 중 1경기는 즉사 판정이 뜨곤 했다.

가급적이면 피하는 게 좋다. 강민허는 곧장 라울을 움직였다.

움직임이 상당히 좋았다. 단검 찌르기 스킬을 피하자마자 강민허는 회피에 그치지 않고 반격을 시도했다.

라이트닝 어퍼. 강민허의 콤보를 알리는 대표적인 스킬이었다.

그러나 주성완 역시 만만치 않은 실력을 보유한 선수였다.

강민허가 회피 이후에 반격을 가할 거란 예상을 이미 하고 있었는지 은신 스킬을 써서 바로 모습을 감췄다.

"도망치는 데는 아주 도가 텄네."

강민허는 쓴웃음을 삼켰다.

연막, 그리고 은신. 아무리 강민허가 재능 넘치는 게이머라 하더라도 상대방이 보여야 어떻게든 하지 않겠나.

마음먹고 은신을 하면 도적을 찾아내기 정말 어렵다.

만화에서는 눈을 감고 상대방의 움직임을 포착해서 일격을 가하는 장면이 가끔 나오긴 한다. 그러나 그건 만화이기에 가능한 연출이었다. 게임상에서는 그게 불가능했다.

연막은 무적 스킬이 아니다. 그저 시야에 안 보일 뿐. 때리면 대미지가 그대로 누적되어 들어간다.

더불어 도적은 은신 상태에선 뛸 수가 없다. 느릿느릿하게 걸어가며 움직여야 한다.

"이동속도를 고려한다면… 내 주변에서 멀리 떨어지진 않았을 텐데."

은신에 연막까지 펼쳐져 있으니 어디에 있는지 파악하기가 쉽지 않았다.

일단 강민허는 연막 지역을 벗어나기로 했다.

연막 스킬의 지속 시간은 꽤 길었다.

"연막 만렙인가."

스킬 레벨을 올리면 올릴수록 지속 시간이 길어지는 것이 연막 스킬의 특징이었다.

은신도 아직까지 안 풀렸다. 보아하니 은신 역시 만렙을 찍어둔 듯했다.

"작정하고 나왔네."

주성완이 무슨 작전을 짜고 나왔는지 알 것 같았다.

일단 숨는다. 그리고 틈을 봐서 단검 찌르기, 기타 치명상을 가할 수 있는 스킬로 상대방의 HP를 깎아 먹는다.

즉사가 터지면 더 좋다. 하지만 즉사를 노리는 건 현실적으로 가능성이 매우 낮았다.

숨고 공격하고, 다시 숨고. 주성완은 이 패턴을 반복할 생각이었다.

어찌 보면 얍삽한 공격 방식일지도 몰랐다. 팬들 중 몇몇은 야유를 보내기도 했다. 그러나 강민허는 생각이 많이 달랐다.

프로게이머는 이길 수 있는 수단이 있다면 최대한 다 동원하는 게 좋다. 이들은 경기에서 이기기 위해 프로게이머가 된 것이다. 모두가 다 우승을 꿈꾼다. 그런데 매너를 지키고 자시고 할 시간이 어디 있겠나.

경기 규칙에 벗어나지 않는 플레이면 된다. 주성완의 플레이는 허용 범위 내에 들어가는 거였다. 합당한 작전이었다.

단, 상대하기는 매우 껄끄러운 전략이기도 했다.

"어쩐다."

강민허의 머릿속이 복잡해지기 시작했다.

주성완이 설마 이런 전략을 들고 올 거라고는 생각 못 했다. 하기야. 애초에 강민허는 주성완이 어떤 클래스의 캐릭터를 들고 올지 예상도 못 했다. 반면, 주성완은 강민허의 모든 정보를 다 알고 있었다.

정보전에서의 차이가 실전에서 지대한 영향을 미친다. 강민허 VS 주성완의 경기에서 이러한 사실이 여지없이 보여졌다.

*　　　　*　　　　*

강민허는 주성완을 공격하지 못한다. 반면, 주성완은 강민허를 공격할 수 있다.

일방적인 공격을 퍼붓는 주성완. 강민허의 HP는 점점 하락하기 시작했다.

그래도 강민허였기에 그나마 지금까지 버틸 수 있는 거였지, 만약 다른 선수였다면 진작 아웃을 당하고도 남았을 것이다.

남은 체력은 75퍼센트.

"아직 여유는 있는데… 그렇다고 안심할 순 없지."

이 HP가 언제 순식간에 깎일지 아무도 모르는 일이다.

도적은 한 방이 있는 위험한 직업이다. 방심하다가 훅 가는 일이 벌어질지도 모른다.

다시 한번 연막이 펼쳐졌다. 강민허는 연막의 사정 범위에서 벗어나기 위해 움직였다.

그때, 강민허가 움직이려는 루트를 예상한 듯 주성완의 단검이 강민허의 캐릭터, 라울을 노렸다.

강민허는 초인적인 반사 신경을 발휘하면서 컨트롤로 단검 찌르기를 또 한 번 흘렸다.

이번이 벌써 10번째였다.

주성완은 다시 은신 스킬을 이용해 몸을 숨겼다.

공격은 실패로 돌아갔다. 그래도 주성완의 HP는 강민허에 비해 월등히 높았다.

100퍼센트. 강민허에게 공격 한 번 당하지 않았다.

그럼에도 불구하고 뭐라고 해야 할까.

"불안해."

주성완은 자신도 모르게 혼잣말을 내뱉었다.

강민허는 마지막에 마지막까지 역전의 기회를 노리는 승부사다. 실제로 강민허는 모두가 불리하다 했던 상황을 우습다는 듯이 역전했었다. 그런 경기가 한 번이 아니었다. 수차례였다.

강민허의 저력은 절대로 무시할 수 없었다.

"자만심에 빠지지 말자. 상황이 유리하게 흘러가도 조심하고 또 조심해야 해!"

한편, 강민허는 혀를 찼다.

주성완은 신인임에도 불구하고 굉장히 침착한 플레이를 선보였다.

"이 정도 당해줬으면, 분위기에 취해서 마구잡이로 공격해 올 때가 됐는데. 안 그러네."

일방적인 공격은 방심을 낳는다. 그 방심을 역이용할 생각이었으나, 주성완은 상황이 본인에게 유리하게 흘러가고 있음에도 절대 방심하지 않았다.

그것이 강민허를 답답하게 만들었다.

"좋아. 그렇게 나왔다 이 말이지?"

강민허는 3세트를 질 생각이 전혀 없었다.

남은 시간은 기껏해야 2분 남짓.

이 안에 결정을 내려야 한다.

강민허는 호흡을 크게 내쉬었다.

"미안하지만 이번 세트는 내가 가져가야겠어."

강민허의 손이 바쁘게 움직였다.

보이지 않는 적을 상대할 때는 어떻게 해야 할까?

강민허는 이 부분에 대해 많은 고민을 거듭했다.

트라이얼 파이트 7에서, 그리고 로인 이스 온라인에서도 이런 경우는 처음 접해봤다.

도적을 상대한 경우는 많았다. 그러나 은신과 연막으로 시야를 가린 후에 뒤를 치는 스타일을 지닌 도적 클래스는 처음 만나봤다.

효율성이 별로 좋지 않기 때문이었다.

연막과 은신에 스킬을 투자할 바에야 차라리 공격 스킬에 포인트를 분배하는 편이 훨씬 더 효율적이었다.

그럼에도 불구하고 주성완은 은신, 연막 작전으로 강민허를 몰아붙였다.

전략이 통한 셈이었다.

하나 아직 승리를 쟁취하진 못했다.

강민허는 HP가 1퍼센트밖에 남지 않았음에도 불구하고 역전의 기회를 노리는 저력 있는 선수였다.

주성완은 이 말을 지겹도록 들었다.

강민허를 아웃시키기 전까지 절대로 방심하지 말라고.

'이대로 가면 내 승리야. 하지만 방심은 절대 금물! 여태까지 했던 플레이를 계속 반복하면 돼. 괜히 상황이 유리하다고 나서지 말자!'

방심만 안 하면 주성완이 무난히 가져올 것 같았다.

실제로 보여지는 경기 흐름을 따지면 주성완의 생각이 맞아

떨어졌다.

하나 강민허가 반격을 가해올 거라고는 주성완조차 예상 못 했다.

강민허는 여태껏 주성완의 연막 스킬 범위를 피해서 도망쳤다. 안 그래도 은신 때문에 고역인데, 여기에 연막까지 펼쳐져 있으니 손을 쓸 방법이 없었다.

그러나.

강민허는 이후, 놀라운 선택을 했다.

"강민허 선수! 저게 뭐 하는 거죠?! 오히려 연막 속으로 들어가기 시작했습니다!"

민영전 캐스터가 현재 상황을 실시간으로 중계했다. 관중들은 크게 술렁이기 시작했다.

"강민허 선수, 왜 저래?"

"경기를 포기한 건가?"

"연막으로 들어가는 건 상대방만 유리한 꼴이 되는데."

그들의 말대로였다.

오히려 자처해서 연막으로 들어가봤자 강민허에게 도움이 될 만한 건 아무것도 없었다.

강민허도 잘 안다.

상대인 주성완조차 강민허의 의도를 알지 못했다.

'뭐 하려고 저러는 거지?'

여태껏 연막을 피해왔던 강민허가 오히려 연막으로 들어가 버리니 주성완은 망설여졌다.

갑자기 강민허가 이런 기행을 보이니 도리어 주성완은 연막 안으로 들어가는 일이 꺼려졌다.

강민허가 연막 안에 있으면 주성완에겐 땡큐인 상황이었지만, 지금은 아니었다.

'분명 뭔가 꿍꿍이가 있을 거야! 들어가면 안 돼!'

주성완은 그렇게 생각했다.

그러나.

허태균 감독은 쓴웃음을 지으면서 나지막이 말했다.

"민허 녀석이 배짱 플레이를 할 줄은 몰랐네."

"배짱 플레이라니요?"

배상연 선수가 허태균 감독에게 물었다. 배상연은 아직 강민허의 의도가 무엇인지 몰랐다.

허태균 감독은 사자성어 하나를 입에 담았다.

"허장성세(虛張聲勢)라는 말, 들어봤어?"

"들어는 봤습니다만……."

"말 그대로 허세지. 아무것도 없는데, 나는 대단한 전략을 가지고 있다는 것처럼 허세를 부리는 거야. 그렇게 되면 상대방은 오히려 불안해지지. 게다가 상대는 그 유명한 꼼수의 달인, 강민허니까. 사실 민허는 머릿속에 아무런 생각이 없을 거야. 백날 생각을 해봐도 연막 안으로 자처해서 들어가는 건 민허에게 불리한 것밖에 없어. 그런데 민허가 제 발로 저길 들어갔다는 건, 좋은 아이디어가 있다는 게 아니라 그냥 허세를 부리는 것밖에 없지."

"민허가 그런 플레이도 할 줄 아는군요."

"그러니까 더 놀라운 거지."

강민허가 자주 보여주는 스타일은 확실히 아니었다.

허태균 감독의 말대로 그래서 더 놀라운 것이었다.

보여주지 않는 플레이를 중요한 경기에서 과감하게 보여주는 행동력. 이것이 바로 강민허 스타일이다.

강민허가 괜히 허세를 부린 덕분에 주성완은 연막 스킬을 사용하는 걸 스스로 꺼려했다.

아무런 수단과 방법을 동원하지 않았음에도 불구하고 강민허는 심리전 한 번으로 주성완의 연막 스킬 사용을 막아버린 것이다.

그제야 중계진은 강민허가 허세를 부렸다는 사실을 깨달았다.

관중들은 중계진의 해설을 듣고 나서야 강민허가 허세 플레이를 선보였다는 사실을 이제야 이해하게 되었다.

피지컬이 뛰어난 것뿐만 아니라 심리전까지 완벽했다.

분명 HP 상황은 주성완이 유리하게 이끌어가고 있었다. 그러나 경기의 흐름은 점점 강민허에게 향하고 있었다.

강민허는 입꼬리를 말아 올렸다.

"이게 신인의 약점이지."

상대방이 수상한 모습을 조금이라도 보이면, 한 가지 행동에 백 가지 잡생각을 품게 된다.

혼자서 쉐도우 복싱을 하는 것과 마찬가지였다.

강민허의 노림수가 바로 이것이었다.

＊　　　＊　　　＊

FL 벤치는 강민허의 허장성세 작전을 알고 나서 탄식을 내뱉었다.

경기가 시작되면 코치, 선수들은 경기를 펼치는 해당 선수에게 어떠한 말도 전할 수 없게 된다.

마음 같아선 강민허가 그냥 허세 부린 거에 불과하다고 말을 전해주고 싶었지만, 그럴 수가 없었다.

연막 스킬을 막아버리는 데에 성공한 강민허.

그러나 아직 넘어야 할 난관은 하나 더 남았다.

다시 한번 은신 스킬을 사용하는 주성완.

"연막은 사용 못 하게 되었지만, 아직 은신이 남아 있어!"

든든한 보험이었다.

은신 이후 강민허에게 천천히 접근하기 시작하는 주성완. 은신을 사용하게 되면 캐릭터가 움직이는 소리조차 차단된다.

기척을 전혀 감지할 수 없었다. 그래서 더 까다로웠다.

대신, 은신을 사용하는 동안 이동속도가 마이너스 수준으로 떨어진다. 유일한 단점이라 할 수 있었다.

강민허는 그 단점을 공략하기로 했다.

주성완이 은신을 사용한 자리를 머릿속에 기억해 뒀다.

그리고 캐릭터를 움직이지 않게끔 제자리에 고정시켜뒀다.

"어차피 주성완 선수는 내 쪽으로 다가오게 되어 있어."

굳이 강민허가 찾으려 움직이지 않아도 된다.

가만히 앉아서 머릿속으로 계산을 하기 시작했다.

은신한 지점으로부터 강민허가 있는 곳까지 다가오는 데 얼마나 걸릴지. 강민허는 그 속도를 계산해 냈다.

이윽고.

"지금이다!"

강민허는 격투가 클래스 스킬 중 하나인 '기공폭발'을 사용했다.

격투가 클래스의 전신에 실드를 전개함과 동시에 주변에 범위형 마법 대미지를 입히는 스킬이었다.

퍼엉!

공기가 터지는 소리와 함께 라울의 주변에 강한 폭발이 발생했다.

동시에 주성완의 어깨가 크게 움찔거렸다.

은신 상태에선 이동속도가 낮아짐과 동시에 방어력도 낮아진다. 이동속도에 비해 방어력은 감소하는 폭이 크지 않았다. 그러나 도적은 애초에 방어력과 체력이 높은 캐릭터가 아니었다. 강민허의 기공폭발만으로도 대미지를 입기에 충분했다.

놀란 주성완이 급하게 캐릭터를 뒤로 물렸다. 때마침 은신 스킬도 풀리는 시간이었다.

주성완의 도적 캐릭터 HP가 줄어 있었다. 강민허는 자신의 계산이 정확하게 맞아떨어졌음을 이를 통해 확신했다.

한편, 중계진들은 놀라 소리쳤다.

"아니, 강민허 선수! 어떻게 주성완 선수가 그 타이밍에 강민허 선수를 공격해 올 거란 사실을 안 걸까요?!"

대답은 서이우 해설 위원이 해줬다.

"아마 도적 캐릭터가 은신을 사용할 때 급감하는 이동속도 감소 폭과 거리 등을 전부 다 계산한 거 같습니다."

"그게 가능합니까?!"

"강민허 선수가 개인 리그에서 서예나 선수와 맞붙었을 때의 경우를 떠올려 보세요. 그때 강민허 선수가 어떻게 서예나 선수를 공략했습니까? 서예나 선수가 사용하는 버프 쿨타임들을 전부 다 계산해서 공격 타이밍을 억지로 만들어내지 않았습니까? 그 정도로 두뇌 회전이 빠른 강민허 선수입니다. 이 정도 계산은 식은 죽 먹기겠죠. 물론 다른 선수라면 불가능할 겁니다. 오로지 강민허 선수이기에 가능한 일이라고 생각합니다."

중간에 하태영 해설 위원이 서이우 해설 위원의 말을 보충했다.

"강민허 선수, 그리고 도백필 선수. 이렇게 두 명이 가능한 거겠죠."

"그러네요. 그 부분은 정정하겠습니다."

서이우 해설 위원은 하태영 해설 위원이 도백필을 끼워 넣자고 한 부분에 대해서 인정을 안 할 수가 없었다.

도백필도 가능한 플레이다. 기계적인 플레이는 오히려 강민허보다 도백필이 더 어울렸다.

어찌 되었든 강민허가 보여준 플레이는 그야말로 놀라움 그 자체였다.

다른 사람들도 놀랄 지경인데, 하물며 주성완은 어떨까.

"믿을 수 없어……. 어떻게 내 공격 타이밍을 읽은 거지?!"

주성완은 망치로 뒤통수를 얻어맞은 충격에 휩싸였다.

아무리 생각해도 주성완은 강민허가 자신의 공격 타이밍을 어떻게 공략했는지 이해할 수 없었다.

연습 때라면 충분히 생각해 냈을 것이다. 그러나 공식 경기다 보니 머리가 잘 돌아가지 않았다.

긴장감 때문이었다.

강민허는 이 부분 역시 충분히 염두에 두고 있었다.

주성완이 피지컬이 좋아도 결국 신인은 신인이다. 멘탈이 흔들릴 만한 계기를 하나 던져주면, 쉽게 바로 회복할 수 없었다. 그것이 바로 신인의 단점이었다.

강민허는 이 약점을 잘 쥐고 흔들었다.

멍 때리는 와중에 강민허는 빠르게 다가가 공격을 감행했다.

그러나 주성완은 다시 한번 은신을 택했다.

"아니야. 그저 우연이겠지! 상식적으로 불가능해!"

주성완은 다시 한번 시도해 보기로 했다.

안 그래도 연막 스킬이 막혔는데, 여기에 은신 스킬 사용까지 봉인당해 버리면 답이 없다.

주성완을 기다리는 건 오로지 패배뿐. 그런 미래는 받아들이고 싶지 않았다.

본인이 신인이라 하더라도 기왕 이렇게 기회를 부여받고 최고의 데뷔 무대에 올라섰는데, 패배로 기록되긴 싫었다.

어떻게 해서든 이긴다! 상대가 강민허라 하더라도 반드시!

그러나 강민허는 이번에 큰 결심을 하고 무대에 올라섰다.

무슨 일이 있어도 이긴다고.

"자, 어디 한번 덤벼보시지. 기세 좋은 신입 양반!"

*   *   *

주성완은 은신 이후에 다시 강민허의 뒤를 노렸다.

머릿속으로 모든 계산을 마친 강민허는 다시 한번 기공폭발을 시전했다.

대미지가 들어갔다는 메시지를 보자마자 강민허는 바로 방향을 잡았다.

여태껏 주성완은 자신을 공격하는데 정면, 측면보다 후방을 노리는 비중이 압도적으로 많았다.

이번에도 후방일 확률이 높다!

강민허는 주저 없이 라이트닝 어퍼 커맨드를 입력했다.

상대방은 보이지 않았다. 그러나 공격은 정확하게 명중했다.

도중에 은신이 풀렸다. 강민허는 공중으로 뜬 주성완의 캐릭터를 보자마자 바로 그의 장기인 10단 콤보를 구사했다.

도적이다 보니 맷집이 약해서 대미지가 쭉쭉 뽑혔다.

주성완의 표정은 삽시간에 굳어버렸다.

"어떻게 이런 일이……!"

HP가 밑도 끝도 없이 내려갔다.

두 번의 기공폭발 공격을 당한 직후에 공중 콤보까지.

주성완은 버텨내질 못하고 결국 아웃 선언을 했다.

민영전 캐스터는 오늘의 경기 결과를 알렸다.

"강민허 선수! 주성완 선수를 꺾고 ESA 팀을 위기에서 구해

냅니다!"

ESA의 확실한 승리 카드, 강민허.

그는 오늘도 자신의 몫을 다했다.

제34장
준플레이오프 시작

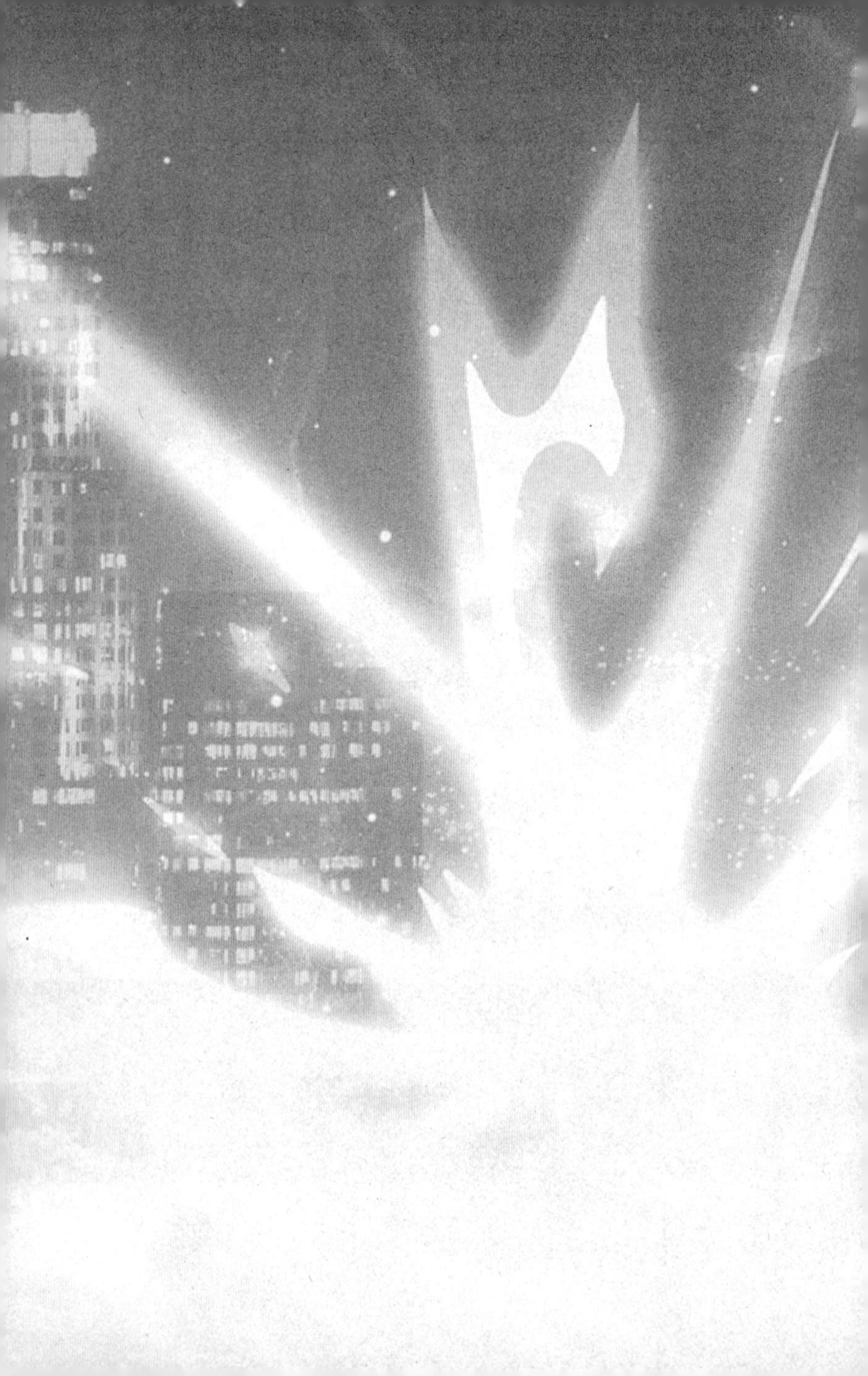

주성완을 쓰러뜨리면서 대FL전을 승리로 이끌게 된 강민허.

팬들은 그의 이름을 연호하기 시작했다.

"강민허! 강민허! 강민허!"

그가 펼친 전략은 주성완이 예상하지 못한 것이었다.

은신 상태에 돌입한다 하더라도 무적은 아니다. 그저 보이지 않을 뿐, 대미지를 받긴 한다.

강민허는 그것을 노렸다. 보이지 않는다면, 상대가 어디에 있을지 머릿속으로 완벽하게 계산하고, 상대가 있을 지역에 공격을 날린다.

은신은 일정 대미지를 받으면 해제된다. 강민허의 공격에 은신이 풀리고, 그 상태 그대로 강민허는 맹공을 퍼부었다.

그 결과.

강민허의 승리다!

ESA 멤버들은 부스로 뛰어 올라갔다. 강민허를 들어 올리더니 헹가래를 거행했다.

"자, 잠깐만요! 뭐 이런 거 가지고 헹가래입니까?!"

강민허는 오히려 이런 대접이 부담스러웠다. 강민허 입장에선 정말 당연한 일을 한 것뿐이었다. 그러나 ESA 멤버들 입장에선 전혀 당연한 일이 아니었다.

강민허는 큰일을 해냈다. 만약 그가 이번 경기에서 졌더라면, 준플레이오프에 진출하지 못했을 것이다.

이제부터 ESA는 단 1패도 기록하면 안 된다.

전승을 해야 한다. 그래야 아슬아슬하게 준플레이오프에 자력으로 진출할 수 있게 된다.

강민허는 오늘, 크나큰 첫걸음을 이룩한 셈이었다.

*　　　　*　　　　*

강민허의 대활약으로 인해 ESA는 제대로 흐름을 타게 되었다.

이후에 펼쳐진 경기들에서 꾸준히 승수를 챙겨갔다.

이제 남은 경기는 단 한 경기.

아성 GT와의 경기가 남아 있다.

이번 아성 GT전은 특별한 의미를 지녔다.

아성 GT는 남은 경기에 상관없이 이미 준플레이오프행을 확정 지었다. 만약 아성 GT전에서 ESA가 승리를 거둔다면, 이 두 팀은 준플레이오프전에서 다시 한번 맞붙게 된다.

기구한 운명이었다.

아성 GT는 비교적 가벼운 마음가짐으로 경기를 준비했다. 어차피 준플레이오프를 확정 지었으니, 부담 없는 경기를 펼칠 수 있는 입장이었다. 반면, ESA는 달랐다.

이번 경기를 지면 준플레이오프 진출이 좌절된다.

아성 GT는 1군 멤버가 아닌 2군 멤버들로 엔트리를 짰다. 준플레이오프 진출이 확정되었기에 최대한 많은 선수들에게 출전 기회를 줘 경험을 쌓게 만들려고 했다.

"좋겠네, 진출을 확정 지은 팀은 여유가 넘쳐서 부러워."

허태균 감독은 아성 GT를 부럽다는 듯이 말했다.

그는 지금 엔트리 때문에 머리가 터질 지경이었다. 여기까지 겨우겨우 왔다. 무슨 일이 있어도 아성 GT를 잡아내야 한다.

상대는 다행스럽게도 2군 멤버들을 출전시켰다. 1군 멤버들

을 상대할 때보다는 훨씬 부담이 덜했다.

반면, ESA는 울며 겨자 먹기로 1군 멤버들을 내보내게 되었다.

1군을 내보내게 되면, 아성 GT에게 그만큼 ESA의 1군 전력 분석의 기회를 주는 것과 마찬가지였다.

그래도 어쩔 수 없었다. 전력 분석을 당하지 않겠다고 괜히 어쭙잖게 1군이 아닌 2군 멤버를 섞어 내보내면 경기를 그르치게 될지도 모른다. 무조건 이겨야 한다. 허태균 감독은 울며 겨자 먹기로 1군 멤버들을 출전시켰다.

대신, 전력 분석을 당하지 않게 하기 위한 최대한의 노력을 기울이기로 했다.

1경기에 강민허, 2경기에 성진성 팀을 내보내기로 했다.

이들의 전략은 간단했다.

2 대 0으로 최대한 적은 경기 수로 승리를 쟁취한다. 그러기 위해서라도 1, 2세트에 출전하는 멤버들이 무조건 승리를 가져와 줘야 한다.

허태균 감독은 삼 일 뒤에 출전의 기회를 가지게 된 선수들을 자신의 사무실에 불러들였다.

"어때. 경기 준비는 잘되고 있어?"

"예, 물론이죠."

강민허는 강한 자신감을 드러냈다. 강민허에게 자신 있나

고 물어보면 들려오는 대답은 늘 이런 식으로 한결같았다.

네, 자신 있습니다.

이 말은 강민허의 트레이드 마크가 되었다.

성진성 팀도 강한 자신감을 내비쳤다.

"저희도 자신 있습니다. 무조건 이길 거예요!"

반드시 이겨야 한다. 그렇지 않으면 지금까지 쌓아 올린 공든 탑이 우르르 무너질 것이다.

3세트에는 주장인 최승헌이 배치되었다. 최승헌은 충격의 패배를 겪은 이후 폼이 잘 올라오지 않은 상태였다. 일시적인 슬럼프에 빠졌지만, 그래도 주변인들의 격려로 인해 다시 경기력을 회복했다.

그래도 아직까지는 많이 불안했다. 그래서 허태균 감독은 확실한 승리 카드라 할 수 있는 강민허를 선봉으로 내보냈다. 최승헌의 3세트 배치는 보험용이었다. 혹여나 3세트까지 경기가 이어지면, 최승헌이 마무리를 지어야 한다.

최승헌은 한숨을 내쉬었다.

"준비는 하긴 하는데, 상대가 신인이라서 정보가 너무 부족해요. 가급적이면 2세트 선에서 끝나면 좋겠는데……."

"그러기 위해서 일부러 엔트리를 이렇게 짠 거다. 2세트에서 2 대 0으로 이길 테니까 너는 너무 부담 가지지 마라. 알겠지?"

"예, 감독님."

"좋아! 그럼 마지막까지 최선을 다해 준비하자! 이번 경기만 이기면 준플레이오프다! 올라가면 내가 크게 한턱 쏠 테니까 모두 힘내!"

"아싸!"

"기대하겠습니다, 감독님!"

팀원들의 사기를 끌어 올리는 건 감독으로서 중요한 일이다.

내일 경기는 정말 중요하다. 선수들은 다시 한번 마음을 다 잡으며 연습에 돌입했다.

＊　　　＊　　　＊

아성 GT의 감독, 이한철은 한결 여유로운 마음가짐으로 경기장을 찾았다.

매번 이런 기분으로 경기장에 오면 얼마나 좋을까. 이한철 감독은 그렇게 생각했다.

물론 현실 불가능한 일이라는 건 이한철 감독이 더 잘 안다.

오늘은 1군 멤버들을 아무도 데려오지 않았다. 딱 선발 멤버만 데려왔다.

1군 멤버들은 다음 경기를 위한 컨디션 조절을 위해 일부러 숙소에 대기시켜 뒀다. 물론 경기는 숙소에서 지켜볼 예정이었다. 어쩌면 준플레이오프 상대가 ESA로 될지 모르니 말이다.

　화기애애한 아성 GT 벤치. 이와 다르게 ESA 쪽은 긴장감이 감돌았다.

　무엇보다도 성진성의 긴장감이 상당했다.

　"후우, 돌아버리겠네!"

　성진성뿐만 아니라 2세트에 임하는 팀원들 전부가 긴장으로 얼굴이 잔뜩 굳어 있었다. 최승헌도 마찬가지였다. 그나마 최승헌은 이들에 비해 나은 편이긴 했다. 왜냐하면 본인이 경기에 나설 가능성이 100퍼센트가 아니었기 때문이다.

　하나 2세트에 출전하는 팀전 멤버들은 100퍼센트 경기에 나선다. 강민허와 팀전 멤버들이 확실하게 이겨줘야 한다. 이 사실은 부담감으로 작용했다.

　가장 먼저 강민허가 나섰다. 부스 안으로 들어선 강민허는 스트레칭을 하면서 먼저 몸을 풀었다.

　언제든 경기에 나설 준비가 되어 있었다.

　한편, 상대는 아직까지 시간이 좀 필요한 듯했다.

　메이저 경기에 나선 경험이 많지 않은 선수였다. 강민허는 상대방이 누군지 이름 정도만 알고 있었다. 플레이 영상을 몇

번 보긴 했지만, 특징이라는 게 딱히 없었다. 적당히 맞춰서 상대하면 될 듯했다.

상대편이 준비를 마쳤다는 소식이 전달되자마자 바로 경기에 들어갔다.

경기가 시작되자마자 강민허는 전매특허인 초반 러쉬를 시작했다.

강민허의 매서운 돌진이 펼쳐지자 상대방은 적지 않게 당황했다.

어떻게 대응하면 좋을까. 머리를 굴리는 동안, 이미 강민허의 공격이 펼쳐졌다.

첫 시작 스킬은 붕권이었다. 붕권 한 방에 상대방 캐릭터는 수십 미터를 나가떨어졌다.

정신 못 차리는 틈을 이용해 강민허는 계속해서 공격을 퍼부었다.

일방적인 공격이었다.

HP는 매섭게 줄어들었다. 선봉으로 나선 상대 선수는 당황한 나머지 어떻게 대응해야 좋을지 제대로 판단을 내리지 못했다.

정신없이 두들겨 맞으면서 허무하게 1세트는 강민허가 가져오게 되었다.

강민허는 별로 큰 감흥을 느끼지 못했다.

너무 쉬웠기 때문이었다.

'1경기는 일부러 약한 상대로 붙여줬나.'

강민허는 속으로 이렇게 생각했다.

아성 GT의 가장 큰 목적은 최대한 많은 선수들에게 실전 경험을 선사해 주는 일이다. 이들이 노리는 건 2 대 0이 아닌 2 대 1 경기를 만드는 것. 그래야 한 명이라도 더 많은 선수들에게 실전 무대 감각을 익히게끔 만들어줄 수 있다.

그래서 일부러 1경기는 버린 느낌이었다.

문제는 2세트였다.

"그, 그럼 다녀오겠습니다!"

성진성은 말을 더듬었다. 쭈뼛쭈뼛 움직이는 팀전 멤버들. 강민허는 혀를 찼다.

"왠지 불길한데요."

"그러게 말이다."

허태균 감독도 깊은 공감을 표했다. 불길한 느낌이 계속 들었다. 왠지 질 것 같다. 강민허는 이렇게 말하고 싶었지만, 차마 입에 올리지 않았다.

가급적이면 재수 없는 말을 입 밖으로 꺼내는 일은 삼가는 편이 좋았다. 말하는 대로 이루어질 때가 있으니 말이다.

* * *

2세트 팀전이 시작되었다.

시작되자마자 아성 GT 팀전 멤버들은 진영을 확실히 굳혔다. 수비적인 전략을 들고 왔다.

상대방이 문을 단단히 걸어 잠그자, 성진성은 안달이 날 수밖에 없었다.

이들은 어떻게든 2세트를 이겨야 한다.

분명 유리한 건 ESA였다. 그러나 경기 내용은 아성 GT가 한결 여유로웠다.

이들은 이겨도, 져도 그만이다. 입장이 다르다 보니 ESA 멤버들의 마음이 더 급할 수밖에 없었다.

이 급한 심경은 곧 실수를 자행하게 만든다.

선두에 선 성진성의 캐릭터가 상대의 진영을 무너뜨리기 위해 돌진했다. 다른 팀원들은 성진성에게 버프를 시전해 줬다.

진영 한가운데로 들어가게 되면 성진성은 3 대 1로 싸워야하는 입장이 된다. 그러나 계속 3 대 1로 싸울 필요는 없었다. 성진성이 진영을 무너뜨리고, 나머지 팀원 멤버들이 한 명한 명씩 각개격파로 쓰러뜨리면 된다. 이런 전략이었다.

버프는 성진성이 3 대 1 상황에서 좀 더 오래 버틸 수 있도록 생존력을 높여주는 역할을 맡는다.

그러나 문제가 발생했다.

상대 마법사 캐릭터가 갑자기 성진성에게 디버프를 걸었다.

모든 버프를 해제시키는 스킬이 발동되었다.

"성진성 선수! 버프가 전부 풀렸습니다!"

"이거, 위기네요! ESA, 위기입니다!"

디버프가 들어올 줄은 예상 못 했다. 성진성은 당혹감에 휩싸였다.

이렇게 된 이상, 빠르게 여기를 벗어나야 한다. 그러나 3 대 1로 둘러싸인 지 오래다.

일방적으로 집중 공격을 당한 성진성은 결국 먼저 아웃이 되고 말았다.

나머지 팀원들도 성진성의 뒤를 따라 사이좋게 아웃되었다. 이로써 아성 GT가 2세트를 가져오게 되었다.

성진성은 고개를 떨궜다.

"지면 안 되는 경기였는데……!"

차마 고개를 들 수가 없었다. 허태균 감독에게, 코치들에게, 팀원들에게, 그리고 무엇보다도 ESA의 준플레이오프 진출을 간절히 바라고 있을 팬들을 바라볼 용기가 나지 않았기 때문이었다.

통한의 패배.

ESA의 위기가 도래했다.

설마 성진성이 속한 2세트에서 ESA가 패배를 기록하게 될 줄은 몰랐다.

이건 허태균뿐만 아니라 코치들, 그리고 선수들조차 예상 못 한 일이었다.

큰일이 벌어졌다. 만약 3세트에서 ESA가 지기라도 한다 면……

그간 들인 공이 전부 사라지는 꼴이 된다!

최승헌은 숨이 턱 막히는 기분이 들었다.

하필이면 이때 자신의 차례가 도래하다니!

"…승헌아."

오진식 코치는 최승헌의 어깨 위로 손을 올렸다.

별다른 말을 하지 않았음에도 불구하고 최승헌은 알아서 먼저 입을 열었다.

"알고 있습니다, 코치님. 모든 게 제 손에 달려 있다는 것을 요."

"부담 가지지 마. 마음 편히 해. 너는 매번 부담감 때문에 중요한 경기를 망치곤 하니까. 그러니까 이번에는 즐기고 온 다는 마음가짐으로 해라. 알겠지?"

"…예."

말은 쉽다.

그러나 부스 안으로 들어가게 되면 즐기느니 어쩌니 하는 마음가짐 자체가 다 사라진다.

무조건 이겨야 한다! 내가 못 이기면 팀이 떨어진다! 이 부담이 주는 압박감은 실로 장난이 아니다.

천천히 자리에서 일어서는 최승헌. 생각해 보니 아직 그의 징크스라 할 수 있는 탄산음료를 한입에 마시기도 하지 않았다.

솔직히 최승헌은 오늘, 본인의 차례가 안 올 줄 알았다. 그런데 상황이 이렇게 되다니. 스스로 헛웃음이 나왔다.

벤치 위에 있는 탄산 캔 하나를 집어 들려던 찰나였다.

"승헌이 형."

강민허가 최승헌을 불렀다.

"징크스에 너무 연연하지 마세요. 경기는 탄산음료 캔 하나를 원샷하느냐, 못 하느냐에 따라 달라지는 게 아니에요. 형이 얼마만큼 준비를 했느냐, 형이 상대보다 뛰어난 실력을 가지고 있느냐 마느냐에 따라 달라지는 거예요. 고작 이런 캔에 자신의 운명을 맡기지 마세요."

"……."

"제가 보기엔 형은 충분히 이기실 수 있어요. 그러니 이 캔을 믿지 말고 저를 믿으세요."

강민허가 믿는 최승헌을 믿어라. 강민허는 그런 말을 해주고 싶었다.

캔을 움켜쥐려던 최승헌은 피식 웃었다.

안 그래도 최승헌은 작은 슬럼프를 겪고 이제 회복 단계에 이르렀다.

여기서 한 번 더 잊지 못할 패배를 겪게 된다면, 회생이 불가능한 지경에 도달할지도 모른다.

하나 강민허는 다르게 생각했다.

이건 위기가 아니라 오히려 기회다.

최승헌이라는 남자가 ESA의 주장이다! 라는 것을 사람들에게 확실히 각인시켜 줄 수 있는 절호의 찬스!

최승헌은 뻗었던 손을 다시 거둬들였다.

"고맙다, 민허야. 덕분에 자신감이 생겼어."

"이제 그 자신감을 가지고 상대방에게 이기면 됩니다."

"그래. 기다리고 있어라. 주장으로서 확실하게 승리를 따내 가지고 올 테니까!"

성큼성큼 부스를 향해 나아가는 최승헌.

그의 뒷모습엔 여태껏 보기 힘들었던 자신감이라는 것이 붙어 있었다.

*   *   *

장비 세팅을 모두 마친 최승헌은 지체할 필요 없이 바로 대기실로 들어갔다.

최승헌의 뒤를 이어 아성 GT 쪽 선수도 대기실에 입장했다.

두 선수 다 레디 버튼을 눌렀다. 곧바로 경기가 시작되었다.

아성 GT의 이한철 감독은 입꼬리를 말아 올렸다.

"쉽게 이기겠어."

사실 이한철 감독은 오늘, 질 생각으로 왔었다.

전력을 드러내고 싶지 않아서 일부러 2군 선수들만 데려왔다. 그럼에도 불구하고 대장전도 왠지 이들이 이길 것 같았다.

최승헌은 주장으로서의 자질이 떨어지는 선수다. 이한철 감독은 그렇게 판단을 내렸다.

실력도 실력이지만, 멘탈이 강한 편이 아니다. 게다가 얼마 전, 최승헌은 작은 슬럼프를 겪기까지 했다.

멘탈을 조금만 흔들어줘도 최승헌은 크게 흔들릴 터. 그렇게 되면 아성 GT가 어렵지 않게 대장전까지 가져오게 될 것이다.

"뭐, 의미 없는 경기이긴 하지만 그래도 지는 것보다야 나으니까."

이한철 감독은 여유가 넘쳤다.

그러나 최승헌은 그렇지 못했다.

무조건 이겨야 하는 경기였기에 최승헌은 자신이 가지고 있는 기량을 전부 이 경기에 쏟아붓기로 했다.

상대방은 단단하게 가드를 굳혔다. 아성 GT 선수들은 대부분 처음부터 수비적으로 나오는 전략을 많이 취했다.

아무래도 경험이 많이 없는 2군들로만 이루어져서 그런 것일지도 몰랐다.

상대보다 경험이 부족하다면, 먼저 적극적으로 공격을 하는 것보다 수비를 굳히고 상대방이 어떻게 나오는지 보고서 반응을 하는 편이 그나마 경기를 수월하게 이끌어갈 수 있었다.

괜히 무리해서 공격했다가 자신의 주력 스킬들이 전부 빗나가 버리면, 남은 건 아웃당하는 것밖에 없기 때문이었다.

대장전도 마찬가지였다.

공격을 먼저 해야 하는 쪽은 늘 쫓기는 자가 아닌 쫓는 자의 몫이었다.

최승헌은 쫓는 자였다.

검을 든 최승헌은 상대의 방패를 두드리기 시작했다.

전방 가드 상태를 굳히는 아성 GT의 자세를 무너뜨리기 위해선 강민허가 주로 사용하는 변수를 동원해야 한다.

가드 크러쉬 스킬을 발동시켰다. 무기의 내구도를 희생시키는 대신에 상대의 가드를 한 번 무너뜨릴 수 있는 스킬이었다.

마력이 아닌 무기의 내구도를 희생시키는 스킬이기 때문에 많이 사용할 순 없었다. 한 경기당 3~4번이 한계였다.

가드 크러쉬가 발동했다. 상대의 가드가 무너졌다.

'지금이다!'

최승헌은 이를 악물고 맹공을 펼쳤다. 그러나 상대방은 가드가 박살 나자마자 바로 뒤로 물러서면서 필사의 회피를 펼쳤다.

상대방이 아무리 2군, 신인이라 하더라도 제대로 마음먹고 도망치기만 하면 쉽게 잡진 못한다.

도망치는 건 초보도 할 수 있다.

그러나 붙잡는 건 초보가 쉽게 할 수 있는 일이 아니었다.

괜히 가드 크러쉬 1회만 허무하게 날아갔다.

두 번째 가드 크러쉬를 발동시켰다. 그러나 이번에도 마찬가지였다.

남은 가드 크러쉬는 기껏해야 2번뿐.

2회 안에 승부를 결정지어야 한다.

최승헌은 깊게 생각하지 않기로 했다. 쿨타임이 돌자마자 가드 크러쉬를 한 번 더 사용했다.

상대방은 적지 않게 놀랐다.

"설마 가드 크러쉬를 사용하자마자 또 사용할 줄은……!"

최승헌이 이렇게 적극적인 선수였나. 아니, 그가 알고 있는 한 절대 이런 공격적인 성향을 지닌 선수가 아니었다.

최승헌은 오히려 신중한 스타일이었다.

기회가 생겨도 어쩌면 상대방이 판 함정일지도 모른다고 생각하면서 천천히, 조심스럽게 접근하는 선수 중 한 명이었다.
그런 선수가 아무런 생각 없이 가드 크러쉬를 2연속으로 발동시키다니.

그저 신기할 따름이었다.

중계진도 최승헌의 맹공에 할 말을 잃었다.

원래 이런 선수가 아니다. 자신의 스타일을 버리면서까지 경기를 끌어가는 건 무리로 보였다.

ESA 코치진도 마찬가지였다.

"아아… 승헌아, 제발!"

오진석 코치는 두 손을 가지런히 모으고 기도했다.

교회에 나간 적도 없는데 절로 손을 모으게 된다. 그만큼 이들은 준플레이오프 진출이 간절했다.

이 준플레이오프를 결정지을 수 있는 마지막 경기가 최승헌에게 달려 있으니. 얼마나 불안해할까.

그러나 허태균 감독은 무덤덤한 표정으로 화면을 응시했다.

"걱정하지 마라. 승헌이는 우리 기대에 충분히 보답해 주는 녀석이니까. 그러니까 믿어주자. 코치, 감독이 선수를 믿어주지 않으면 누가 선수를 믿어주겠냐."

지금은 강민허가 들어와서 ESA의 에이스로 거듭났지만, 그전의 ESA는 최승헌이 주장 겸 에이스 역할을 했었다.

게임 팬들에겐 '최승헌, 이제 한물갔다'라든지 '퇴물이다'라는 소리를 들은 적도 있었다.

그럼에도 최승헌은 묵묵히 자신의 경기를 준비해 왔다.

그리고 오늘.

자신이 왜 ESA의 주장인지, 왜 ESA의 에이스였는지 확실하게 증명했다.

3연속 가드 크러쉬가 발동했다!

"뭐라고?!"

"저 녀석, 미친 거 아니야?!"

아성 GT 벤치에선 난리가 났다.

3연속 가드 크러쉬는 듣도 보도 못했다. 세 번이나 가드 크러쉬를 성공시킨 최승헌. 상대 선수는 그동안 가드를 굳히지 못했다.

최승헌에겐 일생일대의 기회가 찾아왔다.

"이것으로… 모든 것을 결정짓겠다!"

강민허만 콤보를 가지고 있는 게 아니었다. 모든 선수들이 자기 나름의 필살의 콤보를 가지고 있다.

최승헌도 마찬가지였다.

파워 슬래쉬가 발동했다. 아래에서 위쪽으로 검을 크게 휘둘렀다. 그러자 아성 GT 선수의 캐릭터가 공중으로 떴다.

띄우기 스킬로 콤보의 시작을 알린 최승헌은 침착하게 커맨드를 입력했다.

누적되는 대미지. 그리고 쭉쭉 떨어지는 상대방의 HP.

경기장은 그야말로 후끈 달아올랐다.

"최승헌 선수의 콤보가 나왔습니다!"

"저 콤보, 도대체 얼마 만에 보는 걸까요! 게다가 풀콤보입니다, 풀콤보!"

"엄청난 대미지입니다! HP가 벌써 바닥을 드러내고 있습니다!"

상대 선수는 방어력, 그리고 체력이 적지 않은 전사 클래스였다. 그럼에도 불구하고 최승헌의 맹공 앞에서 방어력, 체력은 무의미했다.

순식간에 HP가 10% 이하로 떨어졌다.

최승헌은 쉴 틈 없이 바로 검을 들었다.

경기는 기세 싸움이다. 이 흐름을 놓치고 싶지 않았다.

마지막 일격이 남았다.

지면 가르기! 최승헌의 효자 스킬 중 하나다.

단일 스킬임에도 불구하고 거의 스킬 다섯 개를 연계해서 대미지를 먹인 것과 같은 수준의 대미지가 뽑히는 무지막지한 스킬이었다.

대신, 맞추기가 어렵다.

그럼에도 불구하고 최승헌이 지면 가르기를 사용한 데에는

다 이유가 있었다.

공식 통계 자료에 의하면, 최승헌은 지면 가르기를 상대방에게 적중시킨 횟수가 자그마치 158회에 달한다.

적중 확률, 87퍼센트!

지면 가르기 한 분야로만 따지면, 최승헌이 거의 독보적이었다.

그의 상징인 지면 가르기가 시전되었다. 팬들은 열광했다.

이제야 최승헌다운 경기가 나온 것이다.

지면 가르기가 아성 GT 선수의 마지막 HP를 빼앗아가 버렸다.

결과는 이미 정해졌다.

"GG! 최승헌 선수, ESA를 위기에서 구해냅니다! ESA가 준플레이오프에 진출합니다!"

최승헌은 지금, 최고의 순간을 만끽했다.

*   *   *

최승헌의 대활약으로 인해 ESA는 기구하게도 다시 한번 아성 GT와 맞붙게 되었다.

그러나 다음 경기는 다를 것이다.

조용히 벤치에서 일어서는 이한철 감독.

ESA는 오늘, 아성 GT전을 힘겹게 이겼다.

하나 잊어서는 안 될 사실이 있었다.

아성 GT는 1군이 아닌 2군 멤버들을 데리고 왔다.

다음에 맞붙을 경기는 오늘처럼 쉽게 풀리지 않을 것이다.

이한철 감독은 기뻐하는 ESA 벤치 상황을 보면서 의미심장한 미소를 지었다.

"견제해야 할 상대가 강민허 선수 한 명만 있을 줄 알았는데, 내가 잘못 생각하고 있었어."

상대는 만년 꼴찌, ESA.

솔직히 이한철 감독은 방심하고 있었다.

그러나 오늘의 경기를 통해서 이한철 감독과 아성 GT는 더 이상 방심하지 않기로 했다.

다음 경기에서 이들은 플레이오프 진출 티켓을 두고 진검 승부를 펼칠 것이다.

"그때 다시 보자고, ESA."

이한철 감독은 미련 없이 뒤로 돌아섰다.

아성 GT전에서 승리를 거두게 된 ESA.

이들은 자력으로 준플레이오프 진출을 확정 지었다.

이로서 준플레이오프, 플레이오프, 그리고 결승전을 펼칠 팀들이 모두 결정되었다.

아성 GT가 ESA와 준플레이오프를, 준플레이오프에서 이긴 팀이 나이트메어와 플레이오프를 치르게 되고, 여기서 승자가 프로 리그 1위를 달성한 이레이저 나인과 우승컵을 두고 맞붙게 된다.

무엇 하나 쉬운 경기가 없었다.

아성 GT를 얼마 전에 이긴 ESA지만, 아성 GT는 2군 멤버들만으로 ESA를 벼랑 끝까지 몰고 갔었다. 그 정도로 아성 GT가 강팀이라는 뜻이었다.

그러나 엔트리를 짜는 데에는 고민의 여지가 없었다.

허태균 감독의 머릿속에는 이미 완성된 엔트리가 구상되어 있었다.

준플레이오프 진출 축하주를 마실 틈도 없었다. 바로 준플레이오프를 준비해야 했다.

허태균 감독은 선수들을 모았다.

엔트리 발표를 하기 위함이었다.

허태균 감독은 화이트보드 위에 출전 멤버들의 이름을 적어 내려가기 시작했다.

1세트(개인전) — 조민학

2세트(팀전) — 성진성, 한보석, 하인영

3세트(개인전) — 강민허

4세트(팀전) — 배상연, 윤덕찬, 황이수

5세트(개인전) — 최승헌

강민허는 허리 라인으로 배정받았다.

엔트리를 보는 순간, 강민허는 허태균 감독의 의도가 무엇인지 바로 감을 잡을 수 있었다.

"3 대 0, 혹은 3 대 1로 경기를 끝내실 생각이시군요."

"역시 민허다. 그래, 네 말이 맞다."

허태균 감독은 5세트까지 경기를 끌고 갈 생각이 전혀 없었다. 그래서 에이스들을 전부 전면 배치시켰다.

최승헌은 보험용이었다. 만약 대장전까지 가게 된다면, 최승헌이 다시 한번 아성 GT를 상대로 경기의 승패를 결정짓는 분기점에서 대활약을 해줘야 할 입장이 될 것이다.

며칠 전의 최승헌이었다면 분명 많은 부담감을 드러냈을 것이다. 그러나 지금의 최승헌은 전혀 다른 사람이 되어 있었다.

사람은 크나큰 시련을 겪으면 성장하게 마련이다. 최승헌이 딱 그런 경우였다.

얼마 전, 아성 GT와의 대장전으로 인해 최승헌은 자신감이 붙었다. 심지어 징크스까지 깨버렸으니, 최승헌의 기세는 하늘을 찌를 듯했다.

그런 최승헌을 1, 3세트 중 한 곳에 배치할까 하는 생각도 해봤다. 그러나 허태균 감독은 최승헌을 5세트에 배치했다.

강민허는 무조건 1세트 아니면 3세트에 들어가야 한다. 강민허는 확실한 승점을 가져올 수 있는 선수였기 때문에 전방 배치하는 것이 옳았다.

그렇다면 조민학이냐, 최승헌이냐를 따져야 했다.

조민학은 ESA의 대표적인 선봉전 멤버다. 유독 다른 포지션에 비해 선봉으로 나섰을 때, 조민학의 승률은 너무나도 높았다.

87.5퍼센트. 어마어마한 성적이다.

그래서 허태균 감독은 조민학에게 선봉을 맡기게 되었다.

이렇게 보면 ESA는 개인전 멤버 라인은 굉장히 탄탄해 보였다. 그러나 여기에는 함정이 숨겨져 있었다.

강민허, 조민학, 최승헌. 개인전에 내보낼 수 있는 선수는 딱 이 세 명밖에 없었다. 다른 프로 구단에 비해 개인전 선수 라인이 굉장히 얇은 축이었다.

불안한 건 역시 팀전이었다.

1군 팀전 멤버라 할 수 있는 성진성 조를 2세트에 배치하긴 했지만, ESA는 팀전이 매우 약했다.

1군 팀 멤버들의 승률이 50퍼센트를 왔다 갔다 할 정도니, 불안 요소가 너무 많았다.

게다가 이제부터는 오로지 강팀만 상대하게 될 것이다. 승률은 더 내려갈 터.

그래서 개인전에 나서는 선수들이 더 잘해줘야 한다.

"엔트리는 이렇게 짜긴 했는데. 혹시 이견 있는 선수 있으면 손 들고 말해보도록."

허태균 감독은 선수들과 원활한 소통을 하고 싶었다. 중요한 경기인 만큼 더 선수들의 말에 귀를 기울일 필요가 있었다.

손을 든 인물이 있었다.

강민허였다.

"저요."

"어, 민허야. 말해봐."

"이견은 아니고요. 궁금한 게 있어서요. 만약 저희가 플레이오프, 결승전에 진출한다고 치죠. 그래도 이 멤버 그대로 갈 건가요?"

"일단은 그렇게 생각하고 있다."

내보낼 선수가 이들밖에 없어서였다. 강민허는 그걸 잘 안다. 그럼에도 불구하고 이런 질문을 한 이유는 무엇일까.

강민허는 자신의 생각을 들려줬다.

"저쪽이 예상하기 뻔한 엔트리라서 오히려 쉽게 공략을 당할까 그게 걱정돼요."

"그 걱정은 나도 마찬가지다. 그래도 어쩔 수 없어. 우리 팀은 선수층이 얇으니까. 공략이 쉬워도 그렇다고 그 공략을 비틀기 위해 경험이 부족한 선수를 선발로 올릴 수는 없잖냐."

"그것도 맞는 말씀이네요."

변수는 중요하다. 하지만 ESA는 그럴 만한 여유가 되지 못했다.

허태균 감독은 그게 많이 아쉬웠다.

"이견 없으면 엔트리는 이것으로 확정 지으마. 준플레이오프, 모두 힘내보자."

"예!"

ESA의 사기는 계속 상승했다.

첫 준플레이오프 진출이다. 기대가 안 될 수가 없었다.

게다가 이번에는 강민허라는 슈퍼 루키가 들어왔다. 그 유명한 도백필을 꺾고 개인 리그 우승을 거머쥔 강민허!

그와 함께라면 왠지 프로 리그도 높은 곳까지 올라갈 수 있을 것 같았다.

*   *   *

아성 GT전을 대비하기 위해 ESA 팀원들은 연습에 연습을 거듭했다.

물론 그건 아성 GT도 마찬가지였다.

이한철 감독은 ESA에서 제출한 엔트리를 미리 확인했다.

"내 예상대로 강민허를 3세트에 배치했군. 선수층이 얇아서 그런지 허 감독이 어떻게 엔트리를 짤지 너무 눈에 훤히 보여."

이한철 감독의 얼굴에 미소가 감돌았다.

아성 GT의 핵심 전략이 있었다.

강민허만 잡자! 이것이었다.

얼마 전에 펼친 경기에서 강민허를 잡지 못해서 패배를 기록하게 되었다. 강민허만 잡았어도 아성 GT는 무난하게 ESA를 이겼을 것이다.

강민허는 프로 리그에 출전하고 나서부터 지금까지 단 한 경기도 지지 않았다.

무패 행진을 이어가는 강민허. 그것은 흡사 도백필이 프로 리그에 나왔을 때 보여준 포스와 매우 흡사했다.

"라이벌은 서로 닮아가는 건가."

이한철 감독은 혼잣말을 흘렸다.

그래도 상관없다.

강민허를 잡기 위해 이한철 감독은 비밀 병기를 데려왔다.

때마침 비밀 병기가 이한철 감독의 사무실을 노크했다.

"감독님. 접니다."

"들어와라."

"예."

문을 열고 안으로 들어서는 한 남자.

강민허와 2군 리그에서 맞붙었던 남자, 최우성이었다.

강민허처럼 트라이얼 파이트 7에서 격투 프로게이머로 활동했었으며, 이레이저 나인에 있었을 당시 강민허를 잡기 위해 출전의 기회를 잡았던 스페셜리스트였다.

그러나 최우성은 강민허 앞에 다시 한번 무릎을 꿇고 말았다.

트라이얼 파이트 7에 이어 로인 이스 온라인까지.

그는 강민허에게 자존심이 무너질 대로 무너진 상태였다.

그런 최우성을 이한철 감독은 예의 주시 하고 있었다.

그리고 마침내 그를 자신의 팀으로 영입하게 되었다.

어차피 이레이저 나인에 계속 남아 있어봤자 쟁쟁한 선수들이 너무 많아서 쉽게 선발의 기회를 거머쥘 수 없었을 것이다. 그래서 최우성은 생각했다. 기왕 이렇게 된 거, 자신이 쉽게 출전 기회를 잡을 수 있는 팀에 들어가자고.

때마침 아성 GT에서 스카웃 제의가 들어왔다. 최우성은 고민할 필요 없이 바로 아성 GT행을 결정짓게 되었다.

그렇다고 아성 GT가 못하는 팀은 아니었다. 아성 GT도 S급 선수들을 많이 보유하고 있었다. 그러나 이레이저 나인에 비해

선 그렇게 많지 않았다. S급 선수가 적은 만큼, 최우성에게 선발 기회가 주어질 가능성이 컸다.

그런데 설마 이렇게 빠른 시일 내에 선발의 기회가 주어질 줄이야. 최우성조차 놀랐다.

"내 예상대로 강민허 선수는 3세트에 출전한다고 하더라."

"정말입니까?"

"그래."

최우성이 기뻐하는 이유가 있었다.

왜냐하면.

"오랜만에 강민허, 그자와 다시 맞붙겠군요."

최우성도 3세트에 배치되어 있었기 때문이었다.

이한철 감독은 최우성에게 물었다.

"이길 자신은 있겠지?"

"물론입니다, 감독님. 반드시 이기겠습니다. 이번에는 반드시!"

"그래. 그 자신감 가지고 그대로 경기에 임해라. 그리고 기억해 둬라. 기회는 두세 번 주어질 수 있지만, 영원히 찾아오는 게 아니라는 사실을."

"…예, 감독님. 명심하겠습니다."

최우성에게 계속 이런 기회가 부여될 수는 없었다.

기회를 계속 거머쥐려면 성과를 내야 한다.

최우성이 달성할 수 있는 가장 큰 성과.

군이 확인해 보지 않아도 모두가 다 안다.

강민허를 잡아낸다!

최우성은 주먹을 불끈 쥐었다.

*   *   *

아성 GT에서 보내온 엔트리를 확인한 허태균 감독은 오진석 코치를 불렀다.

"진석아."

"네, 감독님."

"3세트 말이야. 최우성 선수. 얘, 2부 리그에 나왔던 선수 아니야?"

"맞습니다. 저희 팀이랑 붙을 때 선발로 나왔던 선수이기도 했죠. 근데 아성 GT로 갔네요? 이레이저 나인이었는데."

"이적했나 보네. 뭐, 이레이저 나인은 선수층이 워낙 두터우니까 쉽게 선발의 기회를 잡기 힘들긴 하지. 그나저나 최우성을 3세트로 보낼 줄이야. 마치 내 생각을 읽은 거 같아."

최우성은 강민허를 잡기 위한 스페셜리스트로 나온 적이 있었다.

이번에도 마찬가지일 터.

아성 GT가 노리는 건 강민허다. 강민허가 무너지는 순간, 팀도 같이 무너진다. 이한철 감독은 이미 거기까지 다 생각을 해두고 있었다.

물론 그건 허태균 감독도 잘 아는 사실이었다.

강민허는 ESA에서 없어서는 안 될 존재로 거듭나게 되었다. 본인들이 경기에서 진다 해도 강민허라면 무조건 이겨줄 것이다라는 생각을 각자 강하게 가지고 있었다. 강민허라는 든든한 버팀목 덕분에 ESA는 문제없이 준플레이오프 진출까지 오게 된 것이다.

그런 강민허를 잡기 위해 최우성을 투입한 아성 GT.

엔트리 싸움에선 ESA가 지고 들어가는 느낌이 강했다.

"민허에게 준비 단단히 하라고 일러둬야겠네."

"마침 연습 끝나고 잠시 쉬고 있던데. 불러올까요?"

"어, 그래준다면 좋겠어."

오진석 코치는 강민허에게 다가가 허태균 감독님이 너를 찾는다는 말을 전해줬다.

곧바로 사무실로 온 강민허.

"민허야. 아성 GT 3세트에 나오는 선수 말이다. 너랑 연이 있던 선수가 나오더라."

"누구입니까?"

"최우성이라고. 기억하고 있어?"

"아, 그 선수요? 알고는 있죠."

트라이얼 파이트 7 선수 출신이라서 그런지 강민허는 최우성의 이름을 기억하고 있었다.

"그 선수, 너 하나 잡기 위해서 3세트에 나온 거 같은데. 보기좋게 간파당해 버렸어. 그쪽에서 원하는 매치가 성사되었으니… 미안하다."

"아닙니다. 감독님이 미안해할 게 뭐 있나요. 그리고 너무 걱정하지 마세요."

강민허는 어깨를 가볍게 으쓱였다.

그는 지금 이 상황이 전혀 두렵지 않았다.

"한 번 이겼던 상대입니다. 두 번 이기지 말라는 법은 없잖아요? 이번에도 깔끔하게 이길 테니까 기대하세요."

ESA VS 아성 GT의 준플레이오프 경기 일정이 다가오게 되었다.

오후 2시부터 슬슬 이동을 개시하는 선수들.

경기는 오후 4시부터 시작될 예정이었다.

스타디움에 도착하기도 전에 오늘의 경기를 관람하기 위해 찾은 게임 팬들의 기다긴 행렬이 목격되었다.

성진성의 입에서 탄성이 튀어나왔다.

"와… 오늘 무슨 결승하는 줄 알았네. 사람들이 저렇게 많이 왔어?"

오진석 코치가 성진성의 말을 받아줬다.

"그러게. 나, 코치 생활 하면서 결승 제외하고 이렇게 많은 사람들이 모인 건 처음 본다."

"그만큼 저희 경기가 많은 사람들에게 관심을 받고 있다는 소리겠죠?"

"그러겠지."

ESA와 아성 GT를 응원하는 팬들은 각각 피켓을 들고 대기하고 있었다. 피켓에 적힌 팀의 이름으로 추산해 봤을 때, 팬들의 비중은 각각 50 대 50 정도로 보였다.

허태균 감독은 작게 웃었다.

"우리, 많이 올라오긴 했나 보다. 예전에 이런 경기 가지는 날 있으면 ESA를 응원하는 팬들은 손에 꼽을 정도였는데."

"이게 다 민허 덕분이죠."

운전을 맡게 된 나선형 코치는 ESA의 명성이 올라간 것을 강민허의 공으로 돌렸다.

강민허를 놀리기 위해 거짓말을 한 게 아니다. 사실이었다.

강민허 덕분에 ESA를 응원하는 팬들이 굉장히 많이 유입되었다.

이래서 스타플레이어가 반드시 필요하다. 도백필 덕분에 이 레이저 나인은 많은 팬들의 응원을 받았다. 팀이 인기가 많아지면 자연스레 스폰서 측에서도 아낌없는 투자를 하게 된다. 그 투자를 이용해 좋은 선수들을 영입하거나 혹은 좋은 선수로 키울 수 있는 환경을 구축하게 된다.

선순환이 반복되는 셈이었다.

물론 인지도가 낮은 팀은 이 반대의 길을 걷게 된다.

얼마 전까지만 하더라도 ESA가 딱 이런 경우였다.

오늘, 이 경기를 이기면 ESA는 더 많은 인기를 끌게 될 것이다.

프로 리그의 강자, 아성 GT를 뛰어넘은 만년 꼴찌 팀.

관심을 안 받으려야 안 받을 수가 없을 것이다.

*   *   *

대기실에 들어서기 전에 ESA 팀원들은 허태균 감독과 같이 미리 도착해 있던 아성 GT와 인사를 주고받게 되었다.

"오늘 경기 잘 부탁합니다."

이한철 감독이 먼저 허태균 감독에게 인사를 건넸다. 마주 잡은 두 감독의 손. 그러나 보이지 않는 치열한 심리전이 오고 갔다.

선수들끼리도 인사를 나눴다.

강민허는 최우성을 먼저 알아봤다.

"2부 리그 이후로 처음 보는군요."

"그러게요."

최우성은 안색이 별로 좋지 않았다. 강민허는 그의 천적이다. 트라이얼 파이트 7에서 강민허에게 대패를 당했는데, 로인이스 온라인에 와서까지 대패를 당했으니. 기분이 좋으면 오히려 그게 이상할 것이다.

두 남자도 감독들처럼 악수를 주고받았다.

그때.

최우성은 입꼬리를 말아 올리며 이렇게 말했다.

"이번에는 제가 이길 겁니다."

강한 자신감을 드러냈다.

강민허는 딱히 뭐라고 반론을 가하지 않았다. 그저 웃었다. 아무런 말을 하지 않았음에도 불구하고 최우성은 강민허의 이런 태도에 열을 받았다.

강민허를 도발하기 위해 일부러 본인이 이기겠다는 말을 면전에서 했는데. 오히려 대미지는 최우성만 받았다.

마치 강민허가 구사하는 카운터 어택을 실제로 당한 느낌이었다.

경기 준비를 위해 무대로 이동하는 이들.

선수, 코치진이 벤치에 들어서자 이들을 응원하는 팬들의 목소리는 더욱 커졌다.

"ESA 파이팅!!!"

"결승 꼭 가자!!"

"강민허만 믿는다!!!"

팬들의 엄청난 응원 열기 덕분에 선수들은 머릿속에서 귀마개 생각을 절로 떠올릴 수밖에 없었다.

1경기에 나서게 된 조민학이 먼저 부스로 향했다.

그사이, 중계진은 오디오 체크를 최종적으로 마무리를 지었다.

그리고 드디어.

민영전 캐스터가 목소리를 높이기 시작했다.

"프로 리그 준플레이오프전! ESA 대 아성 GT, 아성 GT 대 ESA의 경기로 찾아뵙게 되었습니다! 중계를 맡게 된 캐스터 민영전입니다. 반갑습니다!"

민영전의 자기소개와 함께 팬들은 열화와 같은 성원을 보냈다.

하태영, 서이우 해설 위원도 자기소개 후 팬들에게 인사를 건넸다.

중계진들이 오늘 펼쳐질 경기에 대한 안내를 하고 있을 무렵, 양 팀은 경기 준비를 서두르느라 바빴다.

가장 먼저 준비를 마친 쪽은 조민학이었다.

오진석 코치는 조민학의 어깨를 주물러 줬다.

"민학아. 선봉전 잘 부탁하마!"

"걱정하지 마세요, 코치님. 반드시 이기겠습니다!"

선봉전의 남자, 조민학. 그는 자신이 원하던 포지션인 선봉에 나선 탓에 높은 자신감을 가지고 있었다.

개인 리그 성적은 저조하지만, 프로 리그 성적은 이상하리만치 좋았다.

비록 개인전에서 성적을 못 내지만, 조민학은 팀의 승리에 어떻게든 기여하겠다는 일념으로 경기석에 앉았다.

그건 아성 GT 선수도 마찬가지였다.

민영전 캐스터가 마이크를 들었다.

"그럼 지금부터 1세트 경기를 여러분들의 뜨거운 함성과 함께 시작하겠습니다!"

경기장이 떠나갈 정도로 엄청난 함성 폭풍이 몰아쳤다.

1경기에 들어가자마자 조민학은 가드를 굳히고 상대방이 어떻게 나올지를 예의 주시 했다.

그건 상대방도 마찬가지였다.

아무래도 플레이오프에 진출하느냐, 못 하느냐가 달려 있는 중요한 경기였기에 서로 신중할 수밖에 없었다.

게다가 이들은 선봉이다.

선봉전에서 기세를 제압해 주는 게 팀의 사기에 얼마만큼 큰 영향을 미치는지. 두 선수는 너무나도 잘 알고 있었다.

그렇다고 언제까지 계속해서 수동적인 태도를 보일 순 없었다.

거리를 좁히던 두 선수는 서로를 향해 무기를 휘둘렀다.

게임이 시작된 지 1분 만에 벌어진 첫 수였다.

공격이 시작되자 팬들은 다시 한번 불타오르기 시작했다.

서로 유효타를 한 번씩 주고받았다. 그러나 큰 공격은 아니었다.

HP 상황은 82% 대 81%. 그야말로 박빙이었다.

조민학의 손놀림이 갑자기 빨라졌다.

서로의 실력은 종이 한 장 차이다. 그렇다면 여기서 상대방이 예상치 못한 변수를 둬보는 것도 나쁘지 않았다.

'나도 점점 민허를 닮아가는 거 같네.'

조민학은 쓴웃음을 보였다. 변수 두기는 강민허의 전매특허다. 그러나 그의 전매특허라고 조민학이 사용하지 말라는 법은 없었다.

오히려 이런 상황에선 적절한 수가 될지도 몰랐다.

정면 공격을 고집하던 조민학은 순간 가속 스킬을 사용해 상대방의 측면으로 돌아갔다.

"헉……!"

선봉으로 나선 아성 GT 선수는 헛숨을 삼켰다.

반응하기 힘든 움직임이었다.

조민학은 검을 휘둘러 상대방에게 크나큰 대미지를 입혔다.

HP가 순식간에 50% 이하로 떨어졌다. 이건 크다!

"조민학 선수! 상대의 빈틈을 아주 잘 찔렀습니다!"

"하지만 순간 가속의 후폭풍은 과연 어찌 감당할지 모르겠네요."

하태영 해설 위원이 우려 섞인 의견을 냈다.

순간 가속은 짧은 시간에 캐릭터의 움직임을 배로 상승시켜 주는 버프 스킬이다. 그러나 순간 가속 스킬은 만능이 아니다.

움직임을 극한으로 끌어 올려주는 대신, 사용하고 난 이후에 과부하 상태가 걸려 움직임이 급속도로 느려진다.

이 순간을 어떻게 공략하느냐. 아성 GT 선수에겐 몇 안 되는 기회가 될 것이다.

조민학의 발이 느려졌을 때를 노려 바로 공격을 감행했다.

그 순간, 조민학은 입꼬리를 말아 올렸다.

"내 이럴 줄 알았지."

조민학은 상대방이 일부러 공격하기 좋은 타이밍을 내어줬다.

이유가 있었다.

패링을 하기 위해서였다.

투웅!

조민학의 캐릭터가 소형 방패로 상대방의 롱소드를 쳐냈다!

중계진은 놀란 나머지 벌떡 일어섰다.

"조민학 선수가 패, 패링을 시전했습니다!!!"

"게다가 성공했어요! 놀라운 일이네요!"

카운터 어택에 비해 패링은 그리 어려운 기술이 아니었다. 그럼에도 불구하고 중계진들이 패링을 성공시켰다는 사실에 놀라움을 드러내는 이유는 따로 있었다.

공식전에서 패링 성공률이 10퍼센트밖에 되지 않기 때문이었다.

프로 대 프로의 경기에서 패링을 성공시킬 수 있는 확률이 매우 낮았다. 상대방은 프로이기 때문이었다. 쉽게 패링 타이밍을 내어주지 않는다. 그래서 유독 프로들의 경기에서 패링 성공 확률이 낮았다.

조민학은 10퍼센트의 기적을 만들어냈다.

조민학은 본인이 만들어낸 절호의 타이밍을 놓치지 않았다.

푸욱!

조민학의 검이 아성 GT 선봉의 몸을 꿰뚫었다.

심지어 크리티컬 대미지로 들어갔다.

어마어마한 대미지가 들어왔다 HP는 순식간에 10% 이하로 떨어졌다.

과부하가 풀리자마자 조민학은 맹공을 가했다.

HP 상황이 좋지 않은 데다가 패링까지 당했으니, 상대 선수의 멘탈은 그야말로 너덜너덜한 상태가 되어버렸다.

승기를 잡은 조민학은 최후의 일격을 가했다.

GG. 조민학의 승리다.

*　　　　*　　　　*

조민학의 대활약으로 인해 ESA는 1점을 리드하게 되었다.

"잘했다, 민학아!"

벤치로 내려온 조민학은 선수, 코치들과 하이파이브를 했다. 준플레이오프전에 처음 올라온 조민학. 그는 중요한 경기에서 실수 없이 제 실력을 발휘했다.

덕분에 이 다음 경기에 임하게 된 성진성 팀은 한결 편안한 마음으로 부스에 오를 수 있었다.

반면, 아성 GT 벤치 분위기는 좋지 않았다.

"죄송합니다, 감독님. 저 때문에……."

고개를 떨어뜨리는 선봉 선수. 그러나 이한철 감독은 괜찮다며 그를 다독여줬다.

"신경 쓰지 마라. 우리, 아직 진 거 아니야. 그러니까 고개 들어라."

"예, 감독님……!"

비록 1 대 0으로 뒤처지고 있지만, 이한철 감독의 말대로 아직 경기에서 진 건 아니었다. 먼저 한 점을 내줬을 뿐.

원래 아성 GT의 뒤를 바짝 쫓는 팀은 ESA였다.

그러나 오늘, 쫓는 자와 쫓기는 자의 입장이 뒤바뀌었다.

'ESA. 무섭게 성장했군.'

예전과 많이 다른 ESA의 경기력에 이한철 감독은 진심으로 감탄했다.

*   *   *

2세트 팀전이 시작되었다.

성진성은 한보석, 하인영에게 오더를 내렸다.

"제가 상대 진영으로 들어가서 헤집어놓을 테니까 저한테 버프 잔뜩 걸어주세요."

"저번처럼 디버프를 당하면 어쩌려고?"

"괜찮아요. 이번에는 자신 있어요."

상대방은 지금, 1점 뒤처지고 있기에 소극적으로 경기에 임할 수밖에 없을 것이다.

성진성은 그 점을 노리기로 했다.

1점을 리드하고 있기에 좀 더 과감하게 경기를 이끌어가도 된다. 부스 안으로 들어오기 전에 허태균 감독이 그에게 했던 말이었다.

성진성은 평소보다 더 과감하게 행동하기로 했다.

이 다음은 어차피 강민허의 경기가 펼쳐질 예정이었다. 강민허라면 뒤를 맡겨도 된다.

버프를 잔뜩 두른 성진성은 상대 진영으로 뛰어들었다. 미쳐 날뛰는 성진성을 막을 이는 없었다.

3 대 1 상황에서 오히려 한 명을 아웃시키는 데 성공한 성진성. 승기는 완전히 ESA쪽으로 기울었다.

결국 GG 선언까지 받아냈다.

"해냈다……!"

팀원들과 함께 포효하는 성진성.

2 대 0이다.

이제 한 세트만 더 따낸다면…….

ESA의 플레이오프 진출이 현실이 된다!

기적의 행보를 이어가고 있는 ESA.

설마 ESA가 다전제에서 아성 GT를 상대로 2점을 먼저 따낼 줄은 몰랐다.

그 누구도 예상하기 힘든 결과였다.

물론 아성 GT는 아직 ESA에게 패배한 게 아니다. 충분히 역전할 수 있는 기량을 지닌 팀이다.

아직 승부는 계속 이어지고 있었다. 멘탈이 먼저 무너져 버리면, 그 게임은 패배한 것과 다를 바가 없다. 이한철 감독은 그걸 누구보다도 잘 알고 있었다.

"자자, 얘들아. 우리 아직 진 거 아니다. 마지막까지 최선을 다하자. 그리고 우성아."

"예, 감독님!"

"네 역할이 매우 중요하게 되었다. 가서 그동안 네가 못다 이룬 숙원을 오늘 올라가서 풀고 와."

"걱정 마세요, 감독님. 저만 믿으세요!"

최우성은 강한 자신감을 드러냈다.

오늘 주어진 복수의 기회. 이 날을 위해 최우성은 로인 이스 온라인업계에 입문했다 해도 과언이 아니었다.

강민허를 쓰러뜨린다! 그는 성큼성큼 한 걸음을 내딛었다.

반면, ESA 벤치 분위기는 그야말로 초긴장 상태였다.

"민허야."

허태균 감독은 조용히 강민허를 불렀다.

"예."

"1, 2경기에서 애들이 너에게 건네준 소중한 바통이다. 네가 마지막 주자가 되어줘라."

"여기서 끝내 버릴게요."

엄지를 추켜올린 강민허 또한 부스를 향해 계단에 올라섰다.

두 팀의 운명이 달린 중요한 경기.

강민허와 최우성이 부스 안에 들어와 세팅을 하는 동안, 중계진은 두 선수의 성향이라든지 커리어 등 다양한 자료들을 보여주며 분석에 임했다.

상대 전적은 강민허가 최우성에게 1 대 0으로 앞서고 있었다.

그러나 최우성이 약한 선수는 절대로 아니었다.

로인 이스 온라인에 입문한 지 얼마 안 되었음에도 불구하고 공식 경기에서 승률 65퍼센트를 꾸준히 유지하고 있는 선수였다. 적어도 자기 역할은 충실히 잘해내고 있는 선수라는 뜻이기도 했다.

이번에도 본인의 역할을 잘 수행해 줄 수 있을지가 초미의 관심사다.

반면, 강민허의 무패 행진이 계속 이어질지도 모두가 주목하는 부분이다.

개인 리그부터 프로 리그까지. 쭉 이어지고 있는 강민허의 무패 행진. 이 무패 신화는 도백필조차 막지 못했다.

과연 최우성이 이런 괴물 같은 강민허의 상승세를 막아낼 수 있을지가 주목할 만한 부분이었다.

민영전은 귀에 꽂힌 이어폰에 신경을 집중했다.

"아, 준비가 모두 끝났다고 하는군요. 양 선수, 준비 속도도 어마어마합니다! 자, 그럼 강민허 대 최우성, 최우성 대 강민허의 경기를 지금 만나보도록 하겠습니다!"

어쩌면 마지막 경기가 될 수 있는 중요한 세트다.

최우성은 침을 꿀꺽 삼켰다.

'무슨 일이 있어도 반드시 이긴다, 반드시!'

이날을 위해 최우성은 피나는 노력을 기울여 왔다.

그에게 있어서 지금 이 경기는 일생일대에 중요한 설욕전이 될 것이다.

*　　　　*　　　　*

경기에 들어가자마자 최우성은 강민허에게 바로 달려들었다.

한편, 강민허는 최우성이 초반부터 이렇게 적극적으로 나올 줄 미리 알고 있었다.

최우성의 플레이 스타일 때문이었다.

최우성은 강민허와 같이 격투가 클래스를 주로 다루는 선수다. 그러나 성향은 확실하게 다르다.

강민허는 타격과 정갈한 콤보를 주로 사용하는 유저고, 최우성은 잡기류 스킬을 주로 사용하는 유저다.

명확하게 다른 두 선수의 성향.

제아무리 강민허라 하더라도 최우성의 잡기 콤보는 무섭게 다가왔다.

잡기 스킬을 대부분 다 높은 대미지를 지니고 있는 스킬들 뿐이었다. 한번 잡히면 HP는 최소 반 내어준다는 생각을 해야 할 정도다.

대신, 잡기에 성공하려면 초근접을 유지해야 한다는 게 단점이었다.

'절대로 안 잡히지!'

회피의 달인, 강민허다.

최우성의 잡기 스킬을 여유롭게 피해낸 강민허는 승리를 확신하는 미소를 지었다.

강민허가 쉽게 안 잡혀줄 거라는 건 이미 최우성도 예상한 바였다.

안 잡혀주면 뭐다?

"잡히게 만들어주는 수밖에 없지!"

최우성은 이미 예상한 바였다.

계속해서 강민허에게 접근, 또 접근했다. 강민허는 주로 뒤 방향으로 회피했다.

그러던 도중에 깨달았다.

"벽에 닿겠어."

슬슬 방향을 틀어서 회피해야 한다. 이러다가 벽으로 몰리면 큰일이다.

2D 격투 게임에서 주로 나오는 방식이다. 상대방을 벽으로 몰아붙이고, 일방적으로 공격을 감행하는 장면. 벽에서 빠져나오지 못하면 그 게임은 거의 내어준다고 해도 무방할 정도다.

그 정도로 벽으로 몰린다는 상황이 굉장히 위험하다.

트라이얼 파이트 7은 2D 격투 게임은 아니지만, 태생이 격투 게임 선수였기에 강민허는 잡기 캐릭터를 상대로 벽으로 몰린다는 상황이 얼마나 위험한 것인지 누구보다도 잘 알고 있었다.

측면으로 회피를 시도했다.

오른쪽, 아니면 왼쪽.

그러나 문제가 생겼다.

최우성의 '낚아채기' 스킬이 시전되었다.

측면으로 돌아들어 가려는 캐릭터를 상대로 시전할 수 있는 격투가 전용 잡기 스킬이다.

마침 강민허가 낚아채기 스킬 범위에 알아서 들어와 버렸다.

낚아채기 스킬은 커다란 대미지를 뽑아낼 수 있는 단일 스킬도 아닐뿐더러, 콤보 연계용 스킬도 아니다.

효과는 오로지 하나뿐.

상대를 다시 벽으로 몰아붙인다!

강민허는 강제로 다시 벽쪽으로 몰아붙임을 당했다.

HP는 2퍼센트 하락했다.

"완전히 나를 벽으로 몰아세울 작정을 하고서 나왔구나!"

최우성이 노리는 건 큰 거 한 방이다!

최우성에게 잡히면 끝이다. 그건 강민허가 더 잘 안다.

머리를 써야 한다.

구석에서 빠져나갈 수 있는 방법을!

한편, 최우성은 확신에 가득 찬 미소를 지었다.

"이겼다!"

강민허를 벽으로 몰아붙였다. 슈퍼 아머 스킬을 발동시켰다. 이제 강민허가 어떤 공격을 해도 경직을 먹지 않는다. 라이트닝 어퍼를 날려도 공중에 뜨질 않게 되었다.

대미지는 온전히 들어오긴 하지만, 그건 상관없었다. 잡아버리기만 하면 되니까.

"강민허 선수, 위기입니다!"

민영전 캐스터의 외침. ESA를 응원하는 팬들의 얼굴은 경악으로 물들었다.

설마 강민허가 질 수도 있다는 상황이 믿기지가 않았기 때문이었다.

그건 ESA 벤치도 마찬가지였다.

"가, 감독님!"

오진석 코치는 안달이 났다. 확실한 1승 카드였던 강민허가 이렇게 무기력하게 무너지게 되다니.

"......."

허태균 감독은 말을 아꼈다.

확실히 그가 봐도 지금은 강민허에게 굉장히 안 좋은 상황이었다.

그러나 왠지 모르게 허태균 감독은 강민허의 경기를 끝까지 보고 싶었다.

그러면.

강민허라면 이 상황을 극복할 수 있으리라는 믿음이 강하게 들었다.

허태균 감독의 믿음은 실제로 이루어졌다.

강민허는 여태껏 선보인 적 없는 스킬 하나를 보였다.

반달 넘기기라는 잡기 스킬이었다.

"어?!"

최우성은 당황할 수밖에 없었다. 잡기는 본인의 전매특허다. 그런데 오히려 역으로 상대가 자신을 잡아버린 것이다.

슈퍼 아머는 타격기 스킬이 들어와도 경직, 다운을 먹지 않게 해주는 효과를 지닌 스킬이다. 단, 이 슈퍼 아머 스킬을 무기력하게 만들어줄 수 있는 스킬류가 존재한다.

바로 잡기다.

강민허는 씨익 웃었다.

"너만 잡기 할 줄 안다고 생각하면 큰 오산이지. 우리, 서로 같은 격투가 클래스라는 걸 잊으면 곤란하다고!"

당연한 말이지만, 라울에게도 잡기 스킬은 존재한다. 1레벨 때 배울 수 있는 기본 잡기 스킬, 반달 넘기기 커맨드를 입력하는 강민허.

설마 공식 경기에서 잡기 스킬을 사용하게 될 줄은 강민허조차 몰랐다.

한편, 잡기를 당한 덕분에 최우성은 그대로 다운 상태가 되었다. 슈퍼아마도 깨져 버렸다.

다운된 상대에겐 강민허의 자비 없는 콤보가 기다릴 뿐이었다.

아직 슈퍼 아머 지속 시간이 남아 있었기 때문에 많은 콤보를 때릴 순 없었다. 그래도 한 번의 콤보 덕분에 최우성은 HP를 절반 가까이 강민허에게 헌납해야 했다.

당황한 최우성.

일어나자마자 강민허를 어떻게든 잡으려고 스킬을 연타했지만, 강민허는 다시 한번 반달 넘기기 스킬로 최우성을 무기력하게 만들었다.

잡기가 전매특허였던 최우성이 오히려 강민허에게 잡기로

능욕을 당하다니!

자존심이 많이 상할 일이었다.

두 번째 잡기로 인해 또다시 다운 상태가 되어버린 최우성. 이번에는 슈퍼 아머 효과도 끝나 버렸다.

강민허의 라이트닝 어퍼가 시전되었다. 다운 상태에서 에어리얼 상태가 되어버렸다.

빠르게 시전되는 강민허의 10단 콤보. 이미 HP가 절반 이하로 내려간 최우성은 강민허의 두 번째 풀콤보를 견뎌낼 재간이 없었다.

안 그래도 격투가 클래스는 방어력이 낮은 직업 중 하나다. 공격력에 올인한 강민허의 콤보에 결국 버티지 못하고 GG를 선언했다.

"강민허 선수!! 최우성 선수를 상대로 1점을 따냅니다! ESA가 아성 GT를 3 대 0으로 누르고 플레이오프 진출 티켓을 거머쥐게 됩니다!"

"놀라운 결과네요! 어느 팀이 이겨도 이상하지 않다고 생각은 했지만, 설마 두 팀의 경기에서 3 대 0이라는 스코어가 나올 줄은 몰랐습니다!"

"만약 ESA가 이번 경기를 지고, 4세트까지 끌고 갔다면 오히려 아성 GT가 이겼을지도 모릅니다. ESA는 그걸 알고서 일부러 주력 선수들을 1, 2, 3세트에 배치한 것으로 보였는데.

허태균 감독의 전략이 통했군요. 괜히 명장이라 불리는 게 아닌 거 같습니다."

1, 2, 3세트 올인 전략.

위험한 모험수였지만, 그래도 결과는 만족스러웠다.

작전을 짠 건 허태균이지만, 승리를 따낸 건 선수들이다.

경기를 마치고 돌아오는 강민허에게 허태균은 환한 미소를 보였다.

"수고했다, 민허야. 그리고 고맙다. 너무 잘해줘서 고마워."

"제가 해야 할 일을 한 것뿐인걸요. 그보다 오늘은 회식이겠죠? 간만이 목에 기름칠 좀 하고 싶네요."

"물론이지! 오늘 저녁은 고기다, 고기!"

기분 좋은 일이 있을 때만 펼쳐진다는 ESA 고기 파티.

요즘 기쁜 일이 너무 많아서일까. 고기 파티를 너무 많이 벌여서 오히려 걱정일 정도였다.

*　　　*　　　*

경기를 마친 후.

최우성은 고개를 떨궜다. 흐르는 눈물을 손등으로 훔쳤다.

이한철 감독은 그런 최우성에게 다가가 등을 토닥여 줬다.

"울지 마라. 죄 지은 것도 아니고."

"죄송합니다, 감독님. 제가 어떻게 해서든 이겼어야 했는데……."

"괜찮아. 경기라는 게 이길 때도 있고 질 때도 있고. 그런 거지. 넌 우리 팀을 위해 충분히 노력해 줬어. 그것만으로도 된 거야. 자, 팬들한테 인사하고 가자."

아쉽게 경기에서 패배했지만, 그래도 이들은 매 경기마다 최선을 다했다.

그걸 알기에 아성 GT를 응원하던 팬들은 이들에게 아낌없는 박수를 보냈다.

대기실로 향하기 전에 이한철 감독은 허태균 감독을 찾았다.

"플레이오프 진출, 축하드립니다."

"감사합니다. 이 감독님도 오늘 경기 수고 많으셨습니다."

"좋은 선수들이더군요. 예전의 ESA가 아니라는 느낌이 강하게 들었습니다. 앞으로도 좋은 성적을 내길 바라겠습니다."

이한철 감독은 매너가 있는 남자였다. 허태균 감독은 고개를 끄덕였다.

아성 GT를 꺾고 올라간 ESA.

이 다음 상대는 강팀 중 하나인 나이트메어다.

제35장
결승으로 향하는 마지막 관문

플레이오프 진출을 확정 지은 ESA.

그러나 상대는 강팀 중 하나라 불리는 나이트메어다.

만반의 준비를 하지 않고선 나이트메어를 상대로 승리를 거머쥘 수 없다. 허태균 감독은 평소라면 많은 생각에 잠겼을 테지만, 이번에는 달랐다.

ESA는 선수층이 굉장히 얇다. 준플레이오프에 진출하면서부터 허태균 감독은 이런 생각을 굳혔다.

엔트리는 준플레이오프 때와 동일하다.

동일할 수밖에 없다. 선수층이 얇기 때문에 다양한 엔트리를 짤 수가 없다.

물론 엔트리를 고정으로 계속 돌리면 위험하다는 건 잘 안다. 하나 다른 선수를 기용해 엔트리를 짜는 게 더 위험하다. 허태균 감독은 그걸 잘 알고 있었다.

둘 다 위험하다면, 덜 위험한 쪽으로 작전을 짜는 것이 훨씬 효율적이다. 그래서 허태균 감독은 이런 결정을 하게 되었다.

선수들을 불러 모은 허태균 감독.

"엔트리는 준플레이오프 때와 같으니까 그리 알아두도록."

"3 대 0 작전입니까?"

강민허가 손을 들면서 물었다. 허태균 감독은 고개를 끄덕였다.

"어. 그거 아니면 우리, 망한다."

"그렇긴 하죠."

다전제에서 경기를 오래 끌면 끌수록 불리한 팀은 선수층이 얇은 팀이다. ESA는 4강 구도에 진입한 팀 중에서 가장 선수층이 얇은 팀이기도 했다. 상황이 이렇다 보니 허태균은 준플레이오프, 그리고 플레이오프까지는 3 대 0 작전으로 나가기로 했다.

1, 2, 3세트에 출전하는 선수가 전부 다 이겨줘야 한다! 이것이 허태균 감독의 필살의 전략이었다.

선수들도 허태균 감독의 생각에 동의했다. 어차피 이들은 이것밖에 답이 없다. 일단 결승전에 진출하고 나서 다음 작전을 생각하기로 했다. 우선은 나이트메어부터 이기고 보자. 이런 생각으로 가득했다.

엔트리를 확정 지은 후에 허태균 감독은 주최 측에 출전 선수 명단을 보냈다.

그리고 이틀 뒤.

허태균 감독은 주최 측으로부터 나이트메어 엔트리 명단을 미리 받아봤다.

그 순간, 허태균 감독은 짧게 한마디 했다.

"망했네."

*　　　　*　　　　*

나이트메어는 ESA가 3 대 0 작전을 들고 나올 거라고 미리 예상하고 있었다. 폼이 가장 좋은 선수들을 1, 2, 3세트에 전부 배치한다. 그리고 4, 5세트는 치르지 않고 바로 결승전에 직행한다.

이것이 ESA의 작전이었다.

하나 보기 좋게 간파당해 버렸다.

엔트리만 봐도 허태균 감독의 작전이 나이트메어에게 간파

당했다는 사실을 알 수 있었다.

스타급 플레이어들이 전부 다 1, 2, 3세트에 배치되어 있었기 때문이었다.

눈에 띄는 건 1, 3세트에 나서는 개인전 선수들이었다.

1세트에 나이트메어의 간판 힐러, 서예나가. 3세트에는 최고의 스트라이커라 불리는 프로게이머, 서진창이 자리를 잡게 되었다.

특히 서진창은 강민허와 방송 경기에서 무승부를 기록할 정도로 실력이 매우 뛰어난 프로게이머였다. 사실 아무리 강팀이라 불리는 나이트메어라 하더라도 강민허를 제압할 수 있는 실력을 지닌 프로게이머는 찾아보기 힘들었다.

강민허는 도백필을 제압한 남자다. 즉, 도백필 이상 되는 프로게이머를 내보내야 강민허를 제압할 수 있다는 뜻이 된다.

나이트메어가 보유하고 있는 프로게이머 중에서 강민허와 유일하게 대적할 수 있는 선수는 단 한 명뿐.

서진창 선수다.

허태균 감독은 선수들을 급하게 소집했다.

1세트에 나서게 된 조민학은 자신도 모르게 이렇게 중얼거렸다.

"큰일났네… 하필이면 서예나 선수와……."

선봉에 설 때마다 늘 제 역할을 톡톡히 했던 조민학 선수.

그러나 그가 꺼려 하는 선수가 있었다.

바로 서예나다.

서예나를 꺼려 하는 데엔 다 이유가 있었다.

상대 전적 8전 1승 7패. 서예나만 만나면 이상하게 조민학은 제대로 힘을 발휘할 수 없었다.

클래스의 상성 문제가 아니었다. 선수 간의 상성 문제였다.

서예나와 가위바위보 싸움에 들어서면 매번 지는 싸움을 이어가야 했던 조민학. 서예나만 만나면 주눅 들기 시작하는 그의 성향은 8전 1승 7패라는 최악의 대전 결과를 만들어냈다.

그런데 설마 여기서 만나게 될 줄이야.

조민학도 문제지만, 가장 걱정되는 선수는 정작 따로 있었다.

바로 3세트에 나서게 된 강민허였다.

"민허야. 너, 괜찮겠냐?"

"서진창 선수는 상대하기 엄청 빡셀 텐데."

ESA 선수들은 강민허에게 말을 걸어왔다.

서진창은 도백필급이라 불릴 정도로 높은 승률을 유지하고 있는 프로게이머다. 게다가 직업 상성도 좋지 않다.

강민허가 다루고 있는 라울의 격투가 클래스는 랜서와 상극이다. 랜서가 압도적으로 좋다. 서진창은 하필이면 랜서를 주로 다루는 선수다. 게임이 시작하기도 전에 강민허는 상성 싸움에서 지고 들어가게 된 것이다.

게다가 강민허는 예능 프로그램에 출연했을 때 방송상에서 서진창과 한번 맞붙었던 적도 있었다.

강민허를 상대로 1 대 1에서 유일하게 무승부를 기록했던 선수.

허태균 감독은 머릿속이 복잡해졌다. 하나 명단은 이미 나왔다. 이제 이 명단을 통해 최선을 다해 더 좋은 결과를 이끌어내야 한다.

승리라는 결과를 위해서.

"자자, 다들 연습 들어가자. 진석아. 너는 진성이네 팀 위주로 봐주고, 선형아. 너는 민학이하고 민허 좀 집중적으로 봐줘라. 개인전은 무조건 이겨야 해. 4, 5세트 가면 답이 없다. 알고 있지?"

"네, 압니다."

4, 5세트에 나오는 선수들도 쟁쟁하기 그지없다. 만약 4, 5세트까지 가게 된다면 ESA는 나이트메어에게 경기를 내어준다는 생각을 가지는 게 더 편할지도 몰랐다.

*　　　*　　　*

경기 전날까지 피나는 연습을 계속하는 선수들.

강민허는 서진창의 플레이 영상을 돌려 보고 또 돌려 봤다.

격투가 클래스가 유독 랜서 클래스에게 좋은 모습을 보여 주지 못하는 데에는 다 이유가 있었다.

일단 공격 범위가 굉장히 넓고 길다.

격투가 클래서는 초근접 거리에서 높은 대미지를 뽑아내는 클래스다. 반면, 랜서는 견제를 위주로 플레이하다가 상대방이 빈틈을 보인다 싶으면 바로 강력한 스킬들을 연계로 날리면서 아웃시키는 부류의 플레이를 위주로 한다.

권투로 치자면 인파이터와 아웃 복서의 싸움이라 할 수 있었다.

그러나 로인 이스 온라인에서 랜스는 리치가 길 뿐만 아니라 대미지 역시 높은 축에 속한다. 거의 격투가 클래스와 맞먹을 정도로 높은 공격력을 자랑한다.

같은 공격력인데 상대는 리치가 더 길다. 상식적으로 생각해 봐도 랜서가 더 유리할 수밖에 없었다.

출전 명단이 공개되었을 당시, ESA 선수들조차 3세트는 어려울지도 모르겠다는 말을 내뱉을 정도였다.

그러나 강민허는 오히려 잘됐다는 반응을 보였다.

"안 그래도 서진창 선수와 결판을 내고 싶었는데. 좋은 무대에서 결판을 내게 되었으니 다행이에요."

"넌 진짜 보면 볼수록 신기한 녀석이야."

"제가요?"

나선형 코치는 강민허의 머리를 거칠게 쓰다듬어 줬다.

"그래. 보통 선수들은 절망부터 먼저 맛볼 텐데. 너는 오히려 기뻐하니까. 나도 나름 코치 생활을 오래 하긴 했지만, 너 같은 특이 케이스는 처음 본다."

"그래도 절망하는 것보다 투지를 활활 불태우는 쪽이 더 긍정적이고 좋지 않나요."

"그건 맞지. 그래서 내가 널 좋아하는 거다."

"갑자기 사랑 고백을 해오시네요."

"그런 취향 아니니까 안심해. 그보다 어떻게 갈 거냐? 아직 제대로 된 전략 못 세웠잖아."

경기가 바로 내일이다. 그럼에도 강민허는 이렇다 할 필살의 전략을 구상하지 못했다.

아니, 할 필요가 없었다.

"그냥 실력 싸움으로 가려고요."

"흠, 그래?"

"중요한 경기잖아요? 필살기성 전략을 들고 나왔다가 괜히 경기 망치기라도 하면 4, 5세트에 나가는 선수들에게 부담감만 심어주는 꼴이 될 거 같아서 그냥 실력대결로 가기로 했습니다. 그리고 슬슬 제가 꼼수에만 의존해서 경기를 풀어나가는

선수가 아니라 실력이 밑바탕이 되어 있다는 선수라는 이미지를 보여줄 필요가 있는 거 같아서요. 그래서 최근 경기들은 전부다 특별한 작전을 짜지 않고 피지컬 대결로 한 거예요."

"큰 그림, 나쁘지 않네. 그것도 좋지."

강민허의 말에도 일리가 있었다.

매번 필살기성 전략, 꼼수만으로 경기에서 승리를 따내는 건 훗날을 위해서 안 좋을 수도 있다. 이 선수는 꼼수로 이겼다, 필살기성 전략 아니면 별 볼 일 없는 선수다, 라는 이미지가 굳어버리면 안 좋다. 강민허는 그래서 최근 펼친 경기들은 실력대결로 다 이끌어갔다.

이번에도 마찬가지였다.

게다가 서진창 선수는 실력 대 실력의 대결로 한번 겨뤄보고 싶었다.

강민허 역사상 유일하게 무승부를 기록하게 만들었던 선수.

비록 공식 경기는 아니었지만, 강민허는 아직도 서진창과의 무승부가 신경이 쓰였다.

'이번에는 무승부 따윈 없다. 내가 이긴다!'

다시 한번 결의를 다졌다.

*　　　　*　　　　*

경기 당일.

ESA 선수들은 바로 경기장으로 이동했다.

다들 컨디션은 나쁘지 않았다.

최고의 컨디션으로 경기장에 향하는 이들.

도중에 나이트메어 선수들과 마주치게 되었다.

"강민허!"

그와 친분이 있는 여성 프로게이머, 서예나가 손을 번쩍 들며 강민허를 불렀다. 강민허는 마주 손을 들어주면서 그녀의 인사를 받아줬다.

서예나의 모습에 조민학은 어깨를 크게 움찔했다. 그녀에게 딱히 큰 원한을 지고 있는 건 아니다. 그러나 상대 전적에서 워낙 밀리다 보니 자연스럽게 이런 반응이 나오고 만 것이다.

그러나 서예나는 이런 낌새를 전혀 알아차리지 못했다.

서예나는 개인전 3세트에 나서는 서진창과 함께 강민허가 있는 곳으로 다가왔다.

"오랜만입니다, 강민허 선수."

서진창은 강민허에게 악수를 청했다. 이렇게 경기장에서 서진창을 만나보는 건 처음이었다.

"안녕하세요. 방송에서 대전 펼치고 난 이후에 처음으로 오늘 겨뤄보게 되었네요. 잘 부탁드려요."

"저야말로요. 기대 많이 하고 있습니다. 그때, 저희 승부를 가리지 못했으니까요."

"그러게요. 오늘 좋은 경기 펼쳐봐요."

서진창은 개인 리그에서 강민허와 좋은 대결을 펼치고 싶어 했었다. 그러나 도중에 개인적인 사정이 생겨서 강민허가 우승했던 개인 리그에 불참하게 되었다.

서진창은 그게 두고두고 아쉬웠다.

강민허와 대결을 펼칠 수 있는 좋은 기회였건만. 그 기회를 날린 것 같아 많이 아쉬웠다.

하나 오늘로 그 아쉬움은 풀 수 있게 되었다.

가장 중요한 세트 중 하나라 불리는 3세트. 이곳에서 서진창과 강민허의 격돌이 예고되었다.

엔트리가 발표되었을 당시, 서진창은 강민허와 붙을 수 있다는 말에 격한 기쁨을 표했다.

현존 최고의 프로게이머라 불리는 강민허.

하나 서진창 역시 최고의 프로게이머라 불렸던 선수다.

두 선수는 악수를 주고받은 뒤에 미련 없이 등을 돌렸다.

더 이상의 대화는 필요 없다. 나머지는 경기에서 보여주면 된다.

오늘, 누가 최고인지 결판이 날 것이다.

조민학과 서예나의 대결이 곧 있으면 펼쳐질 예정이었다.

조민학은 잔뜩 긴장 어린 모습을 하고 있었다.

상대는 서예나다. 과연 여기서 서예나 징크스를 극복할 수 있을지. 그건 오로지 신만이 알 것이다.

심호흡을 내뱉으며 애써 침착함을 유지하기 위해 노력하는 조민학.

그와 다르게 서예나는 비교적 여유로운 모습을 하고 있었다.

상대 전적에서 조민학보다 상당한 우위를 점하고 있었다. 그녀가 떨 이유는 전혀 없었다.

모든 장비 세팅을 마친 뒤.

드디어 민영전 캐스터의 외침과 함께 ESA와 나이트메어의 첫 번째 경기가 막을 올렸다.

경기에 들어가자마자 오진석 코치는 불안감을 토로했다.

"하, 미치겠네. 왜 하필이면 그 많고 많은 선수들 중에서 서예나 선수를… 그것도 왜 조민학이랑……."

"나이트메어 감독의 혜안이 뛰어난 거지."

허태균 감독은 담담하게 적 팀 감독의 엔트리 적중률을 칭찬했다.

사실 ESA가 어떤 엔트리를 보낼지. 너무 뻔했다. 나이트메어 감독의 안목이 뛰어나서 이런 결과를 불러왔다기보다는

허태균 감독의 엔트리가 너무 뻔해서 이런 결과를 초래하게 되었다고 표현하는 편이 훨씬 정확했다.

그래도 어쩔 수 없었다. 이게 ESA의 최선책이었으니 말이다.

나머지는 선수의 몫이다.

조민학은 모든 게 불리하다. 상대 전적으로도 밀리고, 클래스도 우위를 점하는 게 하나도 없었다.

PvP에서 힐러가 약캐라는 평가를 받는 로인 이스 온라인이지만, 그건 어디까지나 일반 힐러 유저들에게 해당되는 이야기일 뿐. 서예나가 파일럿으로 있는 힐러에게는 통용되지 않는 이야기였다.

서예나는 경기에 들어가자마자 무적 버프를 걸었다.

무적 버프가 걸려 있는 동안, 조민학은 어떠한 공격을 감행해도 서예나의 버프 캐스팅을 막을 수 없었다.

서예나는 본인에게 각종 버프들을 걸기 시작했다.

단축키도 아닌 커맨드로 일일이 버프 스킬들을 다 입력했다.

커맨드 입력임에도 불구하고 상당히 빨랐다.

순식간에 본인에게 모든 버프 스킬을 다 걸어버린 서예나.

이제부터가 본 게임의 시작이다.

꿀꺽!

조민학은 크게 침을 삼켰다. 서예나에게 상대 전적으로 밀리는 이유가 다 여기에 있다.

힐러의 가장 큰 약점은 바로 버프를 받지 못한 초반이다. 이 초반에 힐러를 몰아붙이면, 무난하게 힐러를 잡을 수 있다.

하지만 서예나의 힐러는 달랐다.

그녀는 극초반에 힐러 클래스가 굉장히 약하다는 점을 누구보다도 잘 알고 있었다. 그래서 그녀는 무적 스킬에 과감히 스킬 포인트를 투자했다.

무적 타임 동안 원하는 버프를, 그것도 커맨드 입력으로 전부 다 걸 수 있는 힐러는 서예나가 유일했다. 그래서 그녀가 약한 클래스인 힐러를 가지고 있음에도 불구하고 승률이 높은 데에는 다 여기에 이유가 있었다.

중계진은 안타까움을 토로했다.

"아……! 조민학 선수! 극초반에 서예나 선수에게 아무런 피해를 못 입혔네요!"

"이러면 조민학 선수에게 굉장히 불리해지죠!"

"큰일났습니다, 조민학 선수! 위기입니다!"

아직 서로 합을 겨루지도 않았음에도 불구하고 조민학은 벌써부터 위기라는 소리를 들어야 했다.

하나 이것이 설레발은 아니었다. 이게 가장 큰 문제다.

실제로 버프를 둘둘 두른 서예나는 조민학보다 강하다. 근력, HP 수치, 방어력, 마력, 저항력 등등. 힐러의 버프 효과는 어마어마하다. 그걸 본인에게 전부 다 걸었으니. 조민학이 할 수 있는 거라고는 많지 않았다.

그러나.

조민학은 경기에 들어가기 전의 일을 떠올렸다.

하루 전날. 오늘 경기에 출전하는 선수들끼리 아이디어를 공유하는 시간이 있었다.

본인이 떠올리지 못한 괜찮은 아이디어가 있으면 같은 팀원에게 공유하는 그런 뜻이 담긴 회의를 가졌다.

그때, 조민학은 강민허에게 자문을 구했다.

'어떻게 하면 서예나 선수에게 이길 수 있을까?'

강민허는 서예나를 개인 리그에서 꺾었던 경험을 가진 선수였다. 강민허라면 괜찮은 의견을 들을 수 있지 않을까. 이런 생각이 들었다.

강민허는 간단하게 답했다.

'제가 했던 대로 따라하면 되지 않을까요?'

'아니, 그건 너였기에 가능한 전략이었고. 나한테 맞는 전략을 추천해 줘.'

'음.'

강민허는 고민했다. 본인의 기준이 아닌 조민학의 기준으로 방식을 짜야 한다.

　그래도 조민학은 강민허보단 나았다. 강민허는 서예나와 다 전제를 치러야 했다. 그래서 강민허가 서예나를 상대로 전략을 하나 들고 오면, 그 전략은 더 이상 사용할 수 없었다.

　하나 이번에는 단판 승부다.

　강민허는 그에게 괜찮은 아이디어를 제공했다.

　'그럼 이 작전 어떻습니까. 이름하야… 톰과 제리 작전이요.'

　처음에는 강민허가 농담하는 줄 알았다.

　그러나 점점 전략에 대한 설명을 들을수록, 조민학은 강민허의 발상의 전환에 감탄을 금치 못했다.

　강민허가 말한 대로 하면… 확실히 승산이 있다!

　그때의 기억이 떠올랐다.

　"…좋아. 해보자!"

　결심을 굳힌 조민학.

　한편, 서예나는 조민학과 결판을 내기 위해 빠르게 그를 향해 다가오고 있었다.

　시간은 서예나의 편이 아니었다. 왜냐하면 버프의 지속 시간은 평생이 아니기 때문이다.

　버프가 유지되는 때에 빠르게 경기를 끝내는 게 좋다. 서예나는 이것을 노리고 조민학에게 다가갔다.

　그러나 여기서부터 문제가 발생했다.

서예나의 공격을 회피하는 조민학. 첫 번째 공격은 충분히 피할 수 있다. 서예나는 그럴 수 있다고 본인도 생각을 했었다.

하나 문제는 이 다음부터였다.

계속해서 공격을 날리는 서예나. 그러나 조민학은 그녀의 장단에 어울려 주지 않았다.

회피, 그리고 회피.

계속해서 도망 다니는 데에 집중했다.

"조민학 선수!! 서예나 선수의 공격을 일체 받아주고 있지 않습니다!"

"설마……."

하태영 해설 위원의 눈이 가늘어졌다.

낌새를 알아차린 민영전 캐스터는 하태영 해설 위원에게 물었다.

"뭔가 알 거 같습니까?"

"서예나 선수는 이제 막 버프를 잔뜩 두른 상태입니다. 하나 버프의 지속 시간은 무제한이 아닙니다. 시간이 지나면, 버프는 풀릴 수밖에 없죠. 아무래도 조민학 선수는 지금 서예나 선수와 싸워주는 척하면서 회피 동작에 집중하고, 시간을 질질 끌다가 버프가 풀리는 시점에서 서예나 선수를 공격할 생각을 하고 있는 거 같습니다. 아마도 같은 팀의 강민허 선수가 알려준 전략이겠죠."

"하지만 그건 강민허 선수가 서예나 선수의 모든 버프 쿨타임 시간을 전부 다 외우고 실시간으로 머릿속에서 계산했기에 가능한 전략 아니었습니까? 조민학 선수가 그럴 만한 능력이 되는 선수였나요?"

"아니요. 제가 보기에는 안 그렇습니다. 하지만 굳이 쿨타임 계산을 안 해도 상대 버프가 끝났다는 걸 알 수 있는 방법은 있지요."

"그게 어떤 겁니까?"

하태영 해설 위원은 딱 잘라 말했다.

"서예나 선수의 공격이 주춤할 때입니다."

*　　　　*　　　　*

서예나는 계속해서 공격을 할 순 없다. 버프 지속 시간이 끝나는 순간, 서예나는 일반 캐릭터들에 비해 훨씬 약해지는 타이밍을 맞이하게 된다.

힐러는 다른 캐릭터들에 비해 공격력, 방어력이 약한 클래스다. 이 부족한 면을 보완해 줄 수 있는 게 바로 각종 버프 스킬이다.

이 스킬이 끝나면, 서예나는 공격을 멈추고 버프를 걸 준비를 해야 한다.

이 짧은 순간, 조민학이 서예나를 공격할 수 있는 유일한 찬스가 형성된다.

조민학은 이 순간이 언제 올지 뚫어져라 모니터를… 아니, 서예나의 힐러 캐릭터를 응시했다.

서예나의 공격 속도가 눈에 띄게 느려졌다. 공격 속도 버프가 끝났음을 뜻했다.

일부러 공격도 한 번 맞아봤다. 공격력이 너무 약하다. 공격력 상승 버프도 끝났다.

서예나는 추격을 멈췄다. 다시 무적 버프를 걸려고 했다.

무적 버프를 걸어두면, 아무런 방해 없이 본인이 원하는 버프를 전부 다 걸 수 있다.

하나.

"두 번째는 허용할 수 없지!"

조민학이 드디어 움직였다!

끝까지 참고 참았다. 원래 조민학은 인내심이 깊은 선수가 아니다. 그럼에도 불구하고 이기기 위해서 이를 악물고 참아냈다.

계속되는 회피. 그리고 드디어 찾아온 반격의 기회!

조민학의 검이 서예나를 노렸다.

"이런……!"

서예나는 조민학의 접근을 알아차리고 캐릭터를 뒤로 움직였다.

덕분에 무적 버프 캐스팅이 캔슬되었다.

무적 버프 캐스팅은 시간이 꽤 걸리는 스킬이다. 3초는 필요하다. 초반에 서예나가 아무런 방해 없이 3초의 캐스팅 시간이나 되는 무적 버프를 바로 걸 수 있었던 것은 바로 경기가 시작되자마자 주문을 시전했기 때문이었다.

PvP는 대전이 시작될 때, 상대편과 서로 멀찌감치 떨어진 상태에서 시작한다. 스타트 지점끼리 멀리 떨어져 있었기 때문에 서예나는 여유롭게 무적 버프를 걸 수 있었던 것이다.

상대방이 미친 듯이 달려와도 3초 안에 서예나가 있는 거리까지 도달할 수는 없었다. 그래서 안심하고 초반부터 무적 버프를 걸었건만.

'지금은 위험해!'

방금 전까지만 하더라도 조민학을 공격하기 위해 접근전을 펼쳤기에 조민학과 거리가 꽤 가까운 상태였다.

게다가 버프 지속 시간 내에 조민학에게 큰 피해를 입혀야 한다는 압박감 때문에 안달이 나 더욱 거리를 좁혔다.

그것이 화근으로 작용했다.

강민허가 조민학에게 알려준 톰과 제리 작전은 제대로 통했다.

톰에게 쫓기는 제리처럼 계속 도망만 치다가, 기회가 왔다 싶을 때 재치 있게 톰에게 반격을 날리는 제리.

지금은 조민학이 딱 제리의 모습과 흡사했다.

"이거나 먹어라!!!"

파워 스트라이크 스킬이 발동했다.

조민학이 보유하고 있는 기본 스킬 중 가장 공격력이 높은 스킬이었다.

타겟팅 스킬이었기에 조민학의 공격은 명중할 수밖에 없었다.

다시 한번 버프 스킬이 캔슬되었다.

"안 돼!"

오히려 서예나가 위기에 봉착했다.

관중석에선 난리가 났다. 설마 서예나가 조민학에게 진다? 아무도 상상하지 못했던 일이다. 승자 예측도 서예나가 압도적이었다.

두 번째 무적 버프까지 캔슬시킨 조민학.

승기를 잡았다!

그의 공격이 시작되었다. 때마침 서예나의 이동속도 버프마저 끝이 나버렸다.

움직임이 둔해진 힐러는 그야말로 샌드백 신세밖에 되지 않는다.

계속되는 조민학의 맹공! 서예나는 결국 버티다 못해 GG를 쳤다.

"조민학 선수가 이겼습니다! 세상에! 이게 도대체 무슨 일입니까?!"

"기적이 일어났습니다!!"

중계진도 놀라 벌떡 일어섰다.

ESA 벤치도 마찬가지였다.

설마 조민학이 이길 줄이야!

부스 밖으로 뛰쳐나온 조민학은 선수들, 그리고 코치들과 함께 얼싸안고 승리의 순간을 만끽했다.

그런 뒤. 조민학은 강민허를 찾았다.

"고맙다, 민허야. 네 덕분에 이겼어!"

"아니요. 형이 잘해서 이긴 거예요. 저는 아무것도 한 게 없어요."

강민허는 그저 아이디어만 줬을 뿐. 조민학의 실력이 받쳐주지 않았더라면, 강민허의 아이디어는 무쓸모였을 것이다.

이로써 ESA는 나이트메어를 상대로 선취점을 따내는 데 성공했다.

조민학의 엄청난 선전으로 인해 ESA는 경기의 흐름을 타게 되었다.

사실 허태균 감독을 비롯해 코치들은 조민학에게 많은 기대를 걸지 않았었다. 상대 전적이 워낙 밀리는 데다가 서예나는 개인 리그에서도 항상 좋은 모습을 보여왔던 선수였기 때문이다.

그래서 내심 1경기는 내줘야 하지 않을까 하는 걱정도 했었다.

하나 조민학은 단 한 번의 경기로 이 걱정과 우려를 모조리 날려 버렸다.

그의 선방에 ESA의 사기는 그야말로 하늘을 찌를 듯했다.

두 번째 경기에 임하기 위해 부스 안으로 들어서는 성진성 트리오.

나선형 코치와 오진석 코치가 들어와 이들의 긴장감을 풀어주기 시작했다.

"민학이가 첫 번째 경기에서 이겨줬으니까, 부담 가지지 말고 경기하자. 너희도 이겨주면 물론 좋겠지만, 뒤에도 민허를 비롯해서 든든한 선수들이 많이 있으니까. 알겠지?"

"예!"

성진성과 한보석, 하인영은 파이팅이 넘치는 기세를 보였다.

조민학이 불러일으킨 효과는 실로 어마어마했다.

강민허가 1경기에서 승리를 따낸 것보다 더 값진 승리를 쟁취한 조민학이었다. 강민허는 워낙 많은 승리를 따낸 덕분에 그가 이겨도 평소대로구나 하고 생각해 버릴 수 있었다. 그러나 조민학은 달랐다.

조민학은 매번 선봉에 나서서 강민허처럼 승리를 거둬 오는 선수가 아니다.

게다가 상대는 서예나였다. 누가 봐도 조민학이 질 거라 예상했던 경기를 그는 단번에 역전해 버렸다.

값진 승리였다.

조민학의 기운을 받고 성진성 팀도 승리를 위해 열심히 달려 나갈 준비를 마쳤다.

반면, 나이트메어는 그야말로 비상사태였다.

"죄송해요, 감독님."

서예나는 나이트메어 감독에게 연신 사과했다. 그러나 감독은 고개를 가로저었다.

"네가 큰 잘못을 한 것도 아니고. 너무 그렇게 미안해하지 마라. 그보다 다음 경기에 신경 쓰도록 하자."

"네."

계속 분위기를 이대로 침체되기 만들 수는 없었다.

ESA처럼 파이팅을 이끌어내야 한다.

감독은 손뼉을 수차례 치면서 선수들의 이목을 집중시켰다.

"자자자! 이제 한 점 내줬을 뿐이야. 경기는 5전 3선승제다. 남은 경기를 우리가 따내면 돼. 3 대 1 스코어 가자. 알겠지?"

"예!!!"

나이트메어 감독은 선수들을 격려했다.

감독이 직접 나서서 분위기를 주도하니, 침체되어 있던 나이트메어 팀의 분위기는 금세 다시 회복되었다.

반대쪽에서 나이트메어 벤치 상황을 지켜보고 있던 강민허는 고개를 작게 끄덕였다.

'저쪽 팀은 감독이 분위기 메이커네.'

보통 감독은 무게를 지키는 역할을 자주 도맡곤 했다. 그러나 나이트메어는 달랐다.

감독이 직접 분위기를 만들어간다.

저런 감독은 나쁘지 않다. 오히려 강민허는 좋게 봤다.

하나 그것과 오늘의 경기는 별개다.

ESA는 무조건 이겨야 한다. 결승 하나만을 보고 달려온 ESA 아니겠나. 여기서 허무하게 경기를 내준다는 건 말이 안 된다.

부스 문이 열린 틈을 타 강민허는 성진성에게 응원의 메시지를 보냈다.

"진성이 형! 무조건 이겨! 3경기에서 내가 마무리 지을 테니까!"

"알고 있어, 짜식아!"

2점만 따내면 된다.

그러면 무패 행진을 기록 중인 강민허에게 바통을 넘길 수 있게 된다.

강민허가 승부를 결정지을 수 있는 경기를 거머쥐게 되면, 100퍼센트 ESA가 승리한다.

여태껏 그래왔다. 어느 순간 이것이 ESA의 공식이 되어버렸다.

어쩌면 조민학보다도 더 중요한 위치에 서게 된 2세트 팀원들.

성진성은 한보석, 하인영과 시선을 교환했다.

"무조건 이깁시다!"

"물론!"

팀원들은 주먹을 불끈 쥐면서 파이팅을 다졌다.

*　　　　*　　　　*

2세트가 시작되었다.

나이트메어 소속 팀전 멤버들은 공통점이 있었다.

매우 공격적인 성향을 가지고 있었다. 개인전 때에는 적용이 별로 안 되는 사실이지만, 팀전에서는 항상 공격적으로 나서는 팀이 바로 나이트메어였다.

이번에도 마찬가지였다.

비록 수세에 몰려 있다고는 하지만, 이들은 끝까지 자신들의 팀 칼라를 지켰다.

경기가 시작되자마자 나이트메어 세 명의 캐릭터가 ESA 진영 쪽으로 빠르게 다가오기 시작했다.

이들의 접근은 이미 예상하고 있었다.

성진성은 소형 방패가 아닌 대형 방패를 들고 왔다. 방어를 책임지기 위함이었다.

오늘 이 경기만큼은 ESA가 창이 아닌 방패 포지션을 굳혀야 했다.

"옵니다!"

성진성은 팀원들에게 경고했다.

선두에 선 성진성이 얼마나 버텨줄 수 있을지. 여기에 승부의 향방이 갈리게 된다.

그걸 잘 알기에 성진성은 방어에 모든 신경을 집중하기로 했다.

여기서 자신이 무너지면 경기 자체를 내주게 된다. 무조건 버틴다! 이를 악 물었다.

방패를 들어 올리고 상대 팀이 날리는 물리, 마법 공격을 혼자서 맞받아쳤다.

터엉! 탕! 쿠웅!

성진성의 캐릭터는 크게 흔들렸다. 그럼에도 불구하고 뒤로 물러서지 않았다.

그 사이에 한보석과 하인영은 성진성의 든든한 방패 뒤에서 마음껏 원거리 공격을 날렸다.

나이트메어는 방어 포지션에 해당되는 클래스를 지닌 캐릭터가 없었다. 원거리 공격에 취약할 수밖에 없었다.

공격에 전부 올인을 했기 때문이었다.

덕분에 이들의 HP는 끊임없이 깎여가고 있었다.

그전에 어떻게든 성진성의 방패를 뚫어야 한다!

하나 그는 끝까지 버텨냈다.

HP가 절반으로 떨어져도, 온갖 상태이상 스킬에 무방비 상태가 되어도.

성진성은 그 자리를 그대로 지켜냈다.

성진성이 어그로, 탱커 역할을 제대로 해준 덕분에 한보석과 하인영은 협공으로 나이트메어 선수를 한 명 아웃시킬 수 있었다.

남은 선수는 단 두 명!

"보석이 형! 얼마 못 버텨! 빨리 끝내줘!"

"알고 있어!"

한보석의 손이 미약하게 떨렸다.

이렇게 중요한 경기는 실로 오랜만에 나서본다.

강민허, 성진성과 함께 2부리그 결승전에 올랐을 때가 떠올랐다.

그게 한보석의 가장 큰 커리어였다.

하나 그 이상의 커리어를 슬슬 만들 때가 되었다.

프로 리그 결승 진출!

선발로 나온 한보석의 손으로 결승 진출을 이뤄내고 싶었
다.

"인영아! 나한테 마공 버프 걸어줘!"

"네!"

한보석에게 공격력 상승 버프가 집중되었다.

단 한 번의 기회를 노린다!

한보석이 다루는 캐릭터의 한 손에 번개의 창이 형성되었
다.

라이트닝 랜스. 강력한 단일 공격 스킬이지만, 논 타겟팅 스
킬이기에 맞추기가 쉽지 않은 스킬이었다.

한보석은 모든 신경을 모니터에 집중했다.

남은 나이트메어 선수는 단둘. 그러나 안심할 수는 없다.
성진성의 방패가 뚫리면, 상황은 바로 역전된다.

그 전에 어떻게든 승부를 봐야 한다!

"지금!"

타이밍이 보였다!

한보석은 절묘한 타이밍에 라이트닝 랜스를 던졌다.

파지지지직!

빠르게 날아드는 라이트닝 랜스. 컨트롤하기 꽤 어려운 스킬임에도 불구하고 라이트닝 랜스는 정확하게 상대 팀 원거리 딜러에게 적중했다.

라이트닝 랜스는 높은 대미지를 뽑아냄과 동시에 상대방에게 경직이라는 상태 이상 효과를 건다.

원거리 딜러의 발이 묶였음을 확인하자마자 성진성은 방패를 내리고 검을 휘둘렀다.

성진성의 일격은 원거리 딜러에게 정확히 명중했다.

한보석과 성진성의 화려한 연계 공격으로 나이트메어 팀의 메인 딜러를 아웃시키는 데에 성공했다!

방패를 내린 성진성은 이제 태세를 전환했다.

더 이상의 방어는 없다.

숫자는 3 대 1.

남은 건… 승리를 확정짓기 위한 공격뿐!

"인영아! 버프 걸어줘! 그리고 피 회복도!"

"네!"

하인영의 서포터를 받으며 성진성은 앞으로 나아갔다. 나이트메어에 유일하게 남은 선수는 마지막까지 거센 저항을 펼쳤다. 그러나 성진성의 방어를 뚫을 수는 없었다.

한보석이 틈을 노려 마무리 일격을 가했다.

GG!

ESA의 승리다.

*　　　　*　　　　*

민영전 캐스터가 현재 상황을 게임 팬들에게 정리해 알렸다.

"ESA가 나이트메어를 상대로 2점을 먼저 따냅니다! 결승 진출까지 남은 경기는 1세트! 매치 포인트입니다!"

"설마 ESA가 나이트메어를 이렇게 몰아붙이게 될 줄이야. 누가 감히 상상이나 했겠습니까? 정말 놀라움의 연속입니다!"

전문가들조차도 지금 벌어지고 있는 상황을 제대로 인지할 수 없었다.

ESA와 나이트메어의 스코어가 바뀌었더라면 오히려 그러려니 했을지도 몰랐다.

하나 상황은 반대였다.

ESA가 나이트메어보다 2점을 먼저 따냈다!

이제 마지막 경기가 될 수 있는 3세트만 남겨두고 있는 상황이었다.

벤치로 돌아온 성진성은 강민허를 찾았다.

"야, 강민허."

"왜? 형."

"내가 착실하게 바통 넘겨줬다. 그러니까 반드시 이기고 돌아와라. 이겨서… 같이 결승 무대에 서보자."

강민허는 대답 대신 엄지를 추켜올려 줬다.

그러나 상대는 결코 만만치 않다.

서진창. 유일하게 강민허가 이기지 못했던 상대다.

그러나 역으로 말하면 서진창 역시 강민허를 이긴 적이 없었다.

서로의 전적은 무승부.

오늘, 그 무승부의 끝을 겨룰 좋은 기회가 찾아왔다.

자리에 앉은 강민허는 천천히 눈을 감았다.

조민학과 성진성 팀이 넘겨준 이 바통을 잡고서 승리라는 이름의 결승선까지 무사히 통과해야 한다.

3 대 0으로 빠르게 경기를 마무리 짓는다! 그것이 ESA가 준플레이오프 때부터 계속 고집해 오던 작전이었다.

나이트메어를 상대로 이 전략이 통할까 하는 불안감도 없지 않아 있었다.

그러나 지금까지의 상황으로 봤을 땐, 거의 성공이라 불려도 손색이 없었다.

한 경기만 잡으면 된다!

강민허가 마무리를 지어줘야 한다.

반면, 서진창의 어깨는 무거웠다.

그럼에도 불구하고 서진창은 오히려 설렘으로 가득한 표정을 지었다.

'드디어 강민허와 맞붙는구나!'

서진창은 강민허와 이렇게 무대에 올라서 서로 경기를 펼치고 싶어 했었다. 예전부터 그런 생각을 가지고 있었는데, 시간이 오래 지나고 나서야 드디어 실행이 되었다.

개인 리그였다면 단판이 아니었을 텐데. 그게 좀 아쉽지만, 서진창은 그래도 지금의 상황에 만족하기로 했다.

모든 준비가 끝났다.

민영전 캐스터의 외침과 함께 드디어 게임이 시작되었다.

경기에 들어가자마자 강민허와 서진창은 누가 먼저랄 것도 없이 서로를 향해 매섭게 달려들었다.

두 사람 다 공격형 플레이어다.

처음부터 수비를 굳히는 건 이들의 성격에 맞지 않았다.

서진창의 창이 먼저 강민허를 공격했다.

"어림없지!"

강민허는 마우스를 움직여 시점을 바꿨다. 그리고 키보드를 눌러 라울을 그 방향으로 전진시켰다.

이 동작이 채 1초도 안 되는 시간 내에 펼쳐졌다.

서진창은 혀를 내둘렀다.

'역시 강민허야. 그래. 이렇게 나와야 싸울 맛이 나지!'

서잔창의 창은 강민허의 움직임을 바로 뒤따랐다.

계속해서 강민허를 노렸다. 거리가 벌려진 상황에서 강민허는 서진창을 먼저 공격할 수 없었다.

공격 범위가 차이가 나기 때문이었다.

서진창은 일방적으로 공격하고, 강민허는 공격을 할 수 없고.

이 절묘한 거리가 있다.

뛰어난 거리 감각을 앞세워 서진창은 초반부터 강민허를 위기로 몰아붙였다.

서진창은 격투가 클래스와 맞붙었을 때, 어떻게 해야 유리하게 경기를 끌어갈 수 있을지 누구보다도 잘 알고 있었다.

랜서의 긴 리치를 이용해 격투가 클래스를 농락한다.

실제로 강민허는 서진창에게 제대로 된 유효타 한 번 날리지 못했다.

접근하려고 하면 백스텝으로 거리를 벌린다. 그리고 다시 공격. 강민허가 회피를 하고 반격을 하면 또다시 백스텝으로 회피.

이 패턴을 계속 반복했다.

강민허 입장에선 답답한 상황이 계속 이어졌다. HP 손실은 크게 받지 않았지만, 그래도 이 상황이 계속 지속되는 건 강민허에게 유리할 게 하나도 없었다.

뭔가 작전을 짜야 한다.

이럴 때 좋은 작전이 하나 있었다.

이미 개인 리그에서도 한 번 선보였던 작전.

바로 일부러 빈틈을 만들어서 상대방의 공격을 유도하는 거다. 상대방이 공격을 한다 싶으면 카운터 어택으로 쳐내 반격을 개시한다.

이것이 강민허의 작전이었다.

'좋아, 해보자!'

강민허는 일부러 컨트롤이 미스가 난 것처럼 연기했다. 잠시 발이 묶인 라울. 공격을 할 수 있는 절호의 찬스였다.

그러나.

"……."

서진창의 캐릭터는 공격을 해오지 않았다.

강민허의 눈썹이 꿈틀거렸다.

"왜 공격을 안 하는 거지?"

이유는 뻔했다.

"설마 함정이라는 걸 눈치챘나."

아무리 생각해도 그것밖에 없었다.

이미 강민허는 빈틈을 보여 공격을 유도한 뒤, 카운터 어택으로 반전을 꾀하는 장면을 보여준 적이 있었다.

서진창은 강민허의 모든 공식전 경기를 전부 다 모니터링했다. 보는 내내 서진창은 강민허가 여태껏 보여준 필살기성 전력, 그리고 순간적인 센스 등을 전부 수첩에 정리해 뒀다.

필살기성 전략은 1회성 작전이라는 말을 많이 듣곤 했다. 그러나 한번 꺼냈다가 한동안 사용하지 않았던 작전은 다시 재활용이 가능했다. 오랜 기간 동안 강민허가 그 전략을 사용하지 않았으니까, 이번에도 사용하지 않겠지 하는 가짜 신뢰가 쌓인 덕분이다.

1회성 전략이라 하더라도 언제든 다시 꺼내 사용할 수 있다.

서진창은 이걸 염두했다.

그래서 일부러 강민허가 1번이라도 사용했던 작전을 전부 다 수첩으로 옮겨 적은 후에 영어 단어 암기하듯이 계속 외웠다.

그 결과.

서진창은 강민허가 다른 패턴을 보여줄 때마다 그가 한번 보였던 작전이 절로 머릿속에 연상되게끔 만드는 데 성공했다.

일부러 빈틈을 크게 보였다. 이 모습을 포착한 순간, 서진창은 '빈틈이 생겼으니까 공격해야 해!'라고 생각하기보다는 '빈틈으로 공격을 유도하려는 작전이구나!'라는 생각이 가장 먼저 떠올랐다.

그래서 행동이 멈춘 것이다.

학습 효과가 대단했다.

하지만 강민허 입장에선 최악이었다.

"망할."

강민허로선 정말 보기 드물게 짧은 욕지거리를 뱉었다. 제대로 먹혀들어 갈 거라 생각했었다. 그러나 서진창은 우습다는 듯이 강민허의 함정을 단번에 간파해 내고 말았다.

단 한 번의 상황으로 강민허는 서진창이 본인에 대해 철저하게 연구하고 대비해 왔음을 알아차렸다.

"내가 한번 선보였던 작전은 웬만하면 안 통한다고 생각하는 게 마음 편하겠네."

아쉽지만 어쩔 수 없다.

한편, 서진창은 다시 공격을 감행하기 시작했다. 카운터 어택으로 대미지를 반사시켜 봤자 별로 큰 피해를 입히지 못할 정도의 자잘한 스킬들을 먼저 날렸다.

이런 스킬들을 카운터 어택으로 반사시켜 봤자 오히려 강민허에겐 손해다. 기왕이면 큰 기술을 튕겨내야 한다. 그래야 적의 큰 기술의 쿨타임을 낭비시킬 수 있고, 큰 대미지를 가할 수 있게 되니 말이다.

강민허는 공격이 들어옴에도 불구하고 카운터 어택을 사용하지 않고 오히려 그와 거리를 좁혔다.

작전이 빗나가긴 했지만, 그래도 소득은 있었다.

서진창의 패턴이 한번 꼬여 버린 것이다.

흐름을 딱 한 번 끊으니, 다시 본래의 흐름을 타기엔 시간이 걸렸다. 그 시간을 주기 전에 강민허는 접근전을 시도했다.

강민허의 빠른 대시. 서진창은 살짝 당황하는 모습을 보였다.

"역시 강민허 선수야. 틈을 조금만 보여도 바로 파고들어 오다니!"

이게 강민허의 가장 큰 장점이었다.

드디어 서진창이 강민허의 공격 범위 안에 들어왔다. 강민허는 바로 붕권을 날렸다.

강민허가 보유하고 있는 단일 스킬 중 가장 높은 대미지를 뽑아낼 수 있는 붕권. 정교한 강민허의 컨트롤에 서진창은 붕권을 허용하고 말았다.

뻐어억!!!

서진창의 캐릭터가 뒤로 나가 떨어졌다. 붕권에는 상대방을 넉백, 그리고 다운시키는 효과가 있다.

넉백 이후 서진창의 캐릭터가 다운 판정에 들어갔다.

틈을 노려 강민허는 다시 접근전을 시도했다. 그러나 서진창의 기상은 생각보다 빨랐다.

강인도를 올렸기 때문이었다. 다운 상태에서 50퍼센트 빠르게 회복할 수 있었다.

강민허의 예상보다 빠르게 다운 상태에서 벗어난 서진창은 곧바로 스킬을 시전했다.

폭풍의 눈이 발동되었다.

랜서 캐릭터가 창을 크게 휘두르기 시작했다. 원을 그리면서 휘둘렀다. 캐릭터를 중심으로 강력한 강풍이 형성되었다.

강풍은 근처에 있는 모든 적을 끌어당기는 효과를 지녔다. 안으로 빨려 들어가면, 회전하는 창으로 인해 계속 도트 대미지를 입을 수밖에 없게 된다.

게다가 경직 상태였기에 강민허는 반격을 가할 수 없게 된다.

폭풍의 눈에서 벗어나야 한다.

강민허는 백스텝을 비롯해 가지고 있는 회피 스킬을 총동원했다.

겨우겨우 폭풍의 눈에서 벗어나게 된 강민허.

한숨 돌렸다.

그러나 위기가 끝난 건 아니었다.

계속 이런 식으로 서진창에게 끌려 다니면, 강민허의 패배는 자명하다.

'뭔가 방법이 있을 텐데.'

서진창을 꼼짝 못 하게 할 수 있는 기가 막힌 작전이 있을 것이다.

'가만. 그러고 보니 폭풍의 눈을 카운터 어택으로 튕겨낼 수 있나 없나.'

여태껏 강민허는 그걸 실험해 본 적이 없었다.

카운터 어택으로 많은 공격들을 튕겨내 봤지만, 폭풍의 눈은 해본 기억이 나지 않았다.

폭풍의 눈이 끝나려면 5초라는 시간이 더 필요했다.

만약에 카운터 어택으로 폭풍의 눈을 튕겨낼 수 있다면……

'대박인데?'

강민허는 스스로 폭풍의 눈으로 걸어가기 시작했다.

*   *   *

강민허는 거의 신기에 가까운 컨트롤로 서진창의 기습 폭풍의 눈 공격을 피했다.

그때까지만 하더라도 관중석에서 탄성이 튀어나왔다.

역시 강민허! 이런 소리를 들려주는 사람들도 많았다.

그런데.

갑자기 이상한 현상이 발생했다.

"가, 강민허 선수! 지금 뭐 하는 거죠?!"

민영전 캐스터는 놀라서 소리쳤다. 말까지 더듬을 정도였다.

기껏 어렵사리 폭풍의 눈을 피해낸 강민허가 갑자기 자기 발로 폭풍의 눈을 향해 걸어가고 있었던 것이다.

관중석은 크게 웅성였다.

"아니, 왜?!"

"기껏 피했는데, 왜 본인 발로 다시 들어가려는 거야?!"

"가면 죽는다고!"

"장비에 문제 생긴 거 아니야?"

충분히 그럴 수 있었다. 그러나 강민허 본인은 퍼즈를 걸지 않았다. 즉, 장비 문제는 아니라는 뜻이었다.

그 말인즉슨.

강민허 본인이 직접 스스로 폭풍의 눈을 향해 걸어가고 있다는 뜻이었다.

게임을 지켜보는 사람들은 이해가 되지 않았다.

심지어 ESA 벤치에서도 강민허가 왜 저러나 싶었다.

그러나 잠시 후.

강민허는 스킬 하나를 발동시켰다.

카운터 어택!

그의 시그니쳐라 할 수 있는 스킬이 발동되었다.

동시에 놀라운 일이 발생했다.

서진창의 HP가 계속해서 깎여 나가기 시작했다.

"카운터 어택으로 폭풍의 눈 대미지를 실시간으로 반사시키고 있습니다! 강민허 선수! 정말 놀라운 발상입니다!"

"폭풍의 눈이 카운터 어택으로 반사되는군요. 저도 실험은 해보지 않아서 몰랐습니다. 그보다 강민허 선수, 대범하네요. 만약 폭풍의 눈이 카운터 어택으로 반사되지 않았더라면, 강민허 선수가 오히려 아웃당했을 겁니다. 저건 도박인데요."

그래도 도박의 승리자는 결국 강민허가 차지했다.

서진창의 HP는 빠르게 줄어들었다. 폭풍의 눈은 도중에 캔슬할 수 없는 스킬이다. 덕분에 서진창은 안달이 났다.

스킬이 끝나기까지 남은 시간은 2초⋯ 1초, 제로!

드디어 폭풍의 눈이 끝났다.

하지만 문제는 끝난 다음이었다.

강민허는 폭풍의 눈 지속 시간이 끝나기만을 기다리고 있었다.

서진창의 앞까지 빠르게 파고든 강민허는 그의 자랑이라 할 수 있는 공중 콤보를 시전했다.

라이트닝 어퍼를 시작으로 펼쳐지는 10단 콤보!

서진창은 쓴웃음을 지었다.

패배를 직감한 것이다.

"대단하네. 역시 강민허 선수야. 설마 내 필살기를 카운터 어택으로 쳐낼 줄이야."

결국 서진창은 GG를 선언하고 말았다.

이것으로 ESA는 나이트메어를 상대로 3 대 0이라는 전무후무한 스코어를 기록하면서 결승 진출을 확정 지었다.

*   *   *

설마 나이트메어가 ESA에게 3 대 0으로 질 거라고는 아무도 예상 못 했다.

그래도 결과는 받아들여야 한다.

모든 경기를 마친 뒤. 나이트메어 측에서 먼저 ESA에게 축하의 말을 건네기 위해 이들이 있는 벤치로 향했다.

"고생했습니다, 허태균 감독님. 그리고 결승 진출, 축하드립니다."

"감사합니다. 감독님도 오늘, 고생 많으셨습니다."

두 감독은 훈훈한 인사를 주고받았다.

선수들도 마찬가지였다.

서예나는 조민학에게 다가갔다.

"조민학 선수. 많이 강해졌네요. 앞으로 저도 방심할 수 없겠어요."

"그, 그런가요?"

조민학은 바짝 긴장했다. 게임상 조민학은 서예나와 상극일 뿐만 아니라 현실에서도 왠지 모르게 서예나만 만나면 자주 움츠러드는 경향이 있었다.

한편, 서진창은 강민허를 찾아왔다.

"강민허 선수. 결승 진출 축하드립니다."

"감사합니다."

"그리고 한 가지 묻고 싶은 게 있는데요."

"뭔가요?"

"마지막에 폭풍의 눈을 반사시켜서 저 아웃시킬 때 말입니다. 카운터 어택이 폭풍의 눈까지 반사시킨다는 걸 미리 알고 있었습니까?"

서진창은 몰랐다. 만약 폭풍의 눈이 카운터 어택이 튕겨나오는 판정을 받는 스킬이라는 걸 알았더라면, 서진창은 폭풍의 눈을 애초에 사용하지도 않았을 것이다.

강민허는 고개를 가로저었다.

"아니요. 몰랐습니다. 실험해 본 적도 없고요."

"그렇다면 대체 왜……."

"폭풍의 눈을 이용해서 서진창 선수를 아웃시키는 것 말고는 제가 승리할 수 있는 다른 방도가 떠오르지 않았기 때문입니다."

그만큼 서진창은 강민허에게 있어서 강적이었다.

도박을 하지 않고선 이기지 못할 상대.

승리 아니면 패배. 확률은 반반이었다.

50퍼센트의 확률을 뚫고 강민허는 서진창을 상대로 승리를 따냈다.

서진창은 억울하지 않았다.

오히려 위험함을 감수하고 도박을 펼친 강민허의 강심장에 칭찬의 말을 보냈다.

"그런 배포도 있어야 결승전에 진출하는 거겠죠. 아무튼 저를 이기고 올라갔으니, 무슨 일이 있어도 반드시 프로 리그에서 우승하기 바랍니다."

"알겠습니다."

두 선수는 손을 마주잡았다.

준플레이오프를 거쳐 플레이오프를 통과했다.

이제 마지막 남은 단 한 경기.

결승전!

강민허는 3관왕이라는 타이틀을 차지하기 위해 다시 한번 움직일 준비를 마쳤다.

제36장
마지막 승부

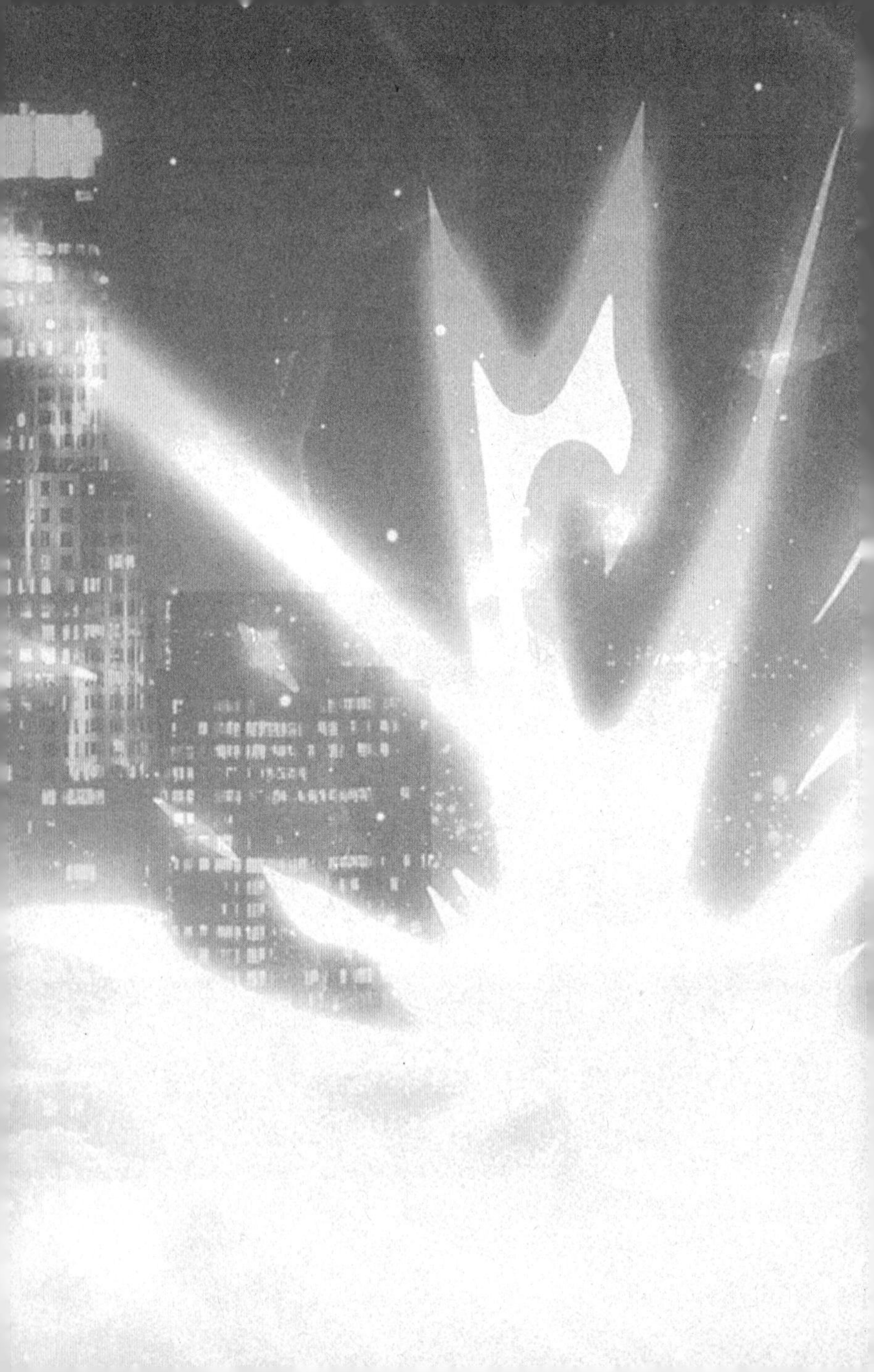

드디어 ESA와 이레이저 나인의 프로 리그 결승 대진이 확정되었다.

대진이 정해진 순간, 커뮤니티는 그야말로 폭발 직전까지 갔다. 챔피언 VS 도전자의 구도가 완성된 덕분이었다.

이것은 흡사 개인 리그에서 도백필 VS 강민허가 보여줬던 바로 그 구도와 같았다. 당시에는 도전자가 승리하면서 새로운 챔피언에 등극했다.

그러나 이번에는 과연?

엔트리 또한 대박이었다.

허태균 감독은 마지막 대장전에 강민허를 투입시켰다. 이레이저 나인을 상대로 아무리 생각을 해봐도 3 대 0 승부를 내긴 어렵다고 판단했기 때문이었다.

못해도 마지막 경기까진 갈 것이다. 아니, 그렇게 가게 만들어야 한다! 이것이 허태균 감독의 생각이었다.

이레이저 나인은 다전제에 출전하는 모든 선수들이 전부 다 최정예 멤버들이다.

나이트메어의 서진창을 1, 2, 3, 4, 5세트에 전부 다 만난다고 생각하면 이해가 빠를 것이다.

그래서 허태균은 오히려 엔트리를 짜는 데 큰 어려움이 없었다.

누구를 배치하든 ESA가 밀리는 건 똑같다.

그래서 허태균 감독은 기왕 이렇게 된 거, 편하게 엔트리를 짜기로 했다.

그래서 강민허가 대장전으로 배치되었다.

문제는 상대쪽 엔트리다.

"강민허 VS 도백필 대전이 다시 펼쳐질 줄이야. 대박이네요, 이거."

나선형 코치는 이레이저 나인 엔트리를 받아보고 나서 진심에서 우러나오는 감탄사를 들려줬다.

그러나 오진석 코치는 달랐다.

"그게 문제가 아니라. 민허 쪽에 그나마 약한 선수가 배정이 되어야 우리가 확실하게 1승을 가져올 수 있는데. 도백필 선수가 민허한테 배치되어 버리면 확실한 1승마저도 불투명하게 되는 거잖아. 걱정이라는 걸 좀 해라, 너는."

"바보야. 누구랑 붙든 간에 어려운 경기는 똑같아. 그리고 반대로 생각해야지. 저쪽의 확실한 1승 카드가 대장전에 나온다는 건, 적어도 1세트에서 4세트까지는 확실하게 1점을 내줄 일은 없다는 뜻과도 같은 거잖아?"

"그거야 그렇지만……."

코치진들은 사실 엔트리를 보고 나서 오히려 냉정해질 수 있었다.

어차피 누굴 상대하든 어려운 게임이다.

도백필이 강민허와 붙게 되었든 뭐든 간에 어쨌든 거기서 거기였다.

대신, 이런 바람은 생겼다.

"5세트까지 가면 좋겠네. 그러면 이번 프로 리그 시즌, 완전 대박 매치인데."

"시청률은 폭발하겠네."

두 코치의 말에 허태균 감독은 고개를 끄덕였다.

이레이저 나인 측과 사전에 연락을 주고받았던 건 아무것도 없었다. 어쩌다 보니 그냥 겹친 거다.

허태균 감독은 나선형 코치에게 물었다.

"애들한테는 엔트리 다 공개했지?"

"네."

"반응은?"

"다들 '왜 하필이면 이 선수랑 붙게 된 걸까' 하고 한숨을 푹푹 내쉬고 있지요. 딱 한 명 빼고요."

그 한 명이 누구인지 허태균 감독은 굳이 들어보지 않아도 충분히 알 것 같았다.

보나마나 뻔하다.

"민허는 오히려 기뻐하겠군."

"네, 맞아요."

강민허의 유일한 호적수, 도백필.

두 선수의 대박 매치가 2주 뒤, 부산 광안리에서 펼쳐질 예정이었다.

*　　　*　　　*

결승 무대는 부산 광안리 해수욕장으로 정해졌다.

해수욕장에 특별 스테이지의 외형이 한창 갖춰지기 시작했다.

결승전까지 남은 기간은 고작해야 이틀뿐이다.

ESA 선수들은 현지 적응을 위해 일찌감치 부산으로 내려와 있었다.

이레이저 나인도 마찬가지였다.

이들은 부산에서 PC방을 하나씩 차지한 후에 연습에 연습을 거듭했다.

그리고 결승 당일!

드디어 프로 리그 최정상 팀을 가리는 날이 찾아오게 되었다.

경기 시작까지 다섯 시간이 남은 상황.

선수들은 프로 리그 결승에 올라온 기분을 만끽하기 위해 결승 무대 주변을 한 번씩 둘러보기로 했다.

미리 도착해 있던 팬들은 ESA 멤버들을 보자마자 환호성으로 이들을 맞이했다.

"하하, 감사합니다. 감사합니다."

주장인 최승헌이 대표로 이들에게 고마움을 표했다.

넓은 경기장을 바라보는 이들.

의자 숫자가 너무 많았다.

"이 정도면 몇 명이나 앉을 수 있을까?"

성진성의 물음에 한보석이 답을 해줬다.

"5만 명 정도라고 들었는데. 근데 전부 다 일어서 있진 않을 테니까. 나중에 서 있는 사람들까지 합하면 한 10만 명은 몰려들지 않을까 하는 게 주최 측의 분석이라고 하더라."

"10만 명……! 와, 손이 절로 떨리네."

상상만 해도 몸이 절로 떨렸다.

10만 명 앞에서 경기하는 날이 인생에서 과연 몇이나 될까?

한 번 될까 말까 한 진귀한 경험이 될 것이다.

강민허조차도 이런 경우는 없었다.

"많긴 하네요."

다른 선수들에 비해 그래도 감정이 덜 묻어나왔다.

강민허는 국제 대회도 서본 경험이 있다. 비록 광안리 10만 관객들 앞에서 서본 경험은 없지만, 세계인들이 지켜보는 무대에 서본 경험은 있었기에 그러려니 하고 작은 감상을 들려줬다.

다니다 보니 이레이저 나인 선수들도 보였다.

"민허야!"

도백필이 먼저 손을 번쩍 들면서 강민허에게 인사를 건넸다.

오랜만에 도백필과 만나게 되었다.

"간만이네."

"그러게. 저번에 같이 공략왕 나왔던 이후로 만난 적 없지 않나?"

"방송 경기 있을 때, 대기실에 왔다 갔다 하면서 종종 마주친 적은 있었지."

"뭐, 그때는 서로 정신이 워낙 없으니까 인사를 하는 둥 마는 둥 끝났었지만."

"하긴, 그렇지."

이렇게 대면해서 대화를 나누는 건 정말로 간만이었다.

"준비는 잘했어?"

간을 보려는 걸까.

도백필은 강민허에게 오늘 있을 결승전 경기 준비 상태를 물었다.

강민허는 엄지를 추켜올렸다.

"완벽해."

"저번 결승전 이후로 처음 붙는 건데, 이번에는 서로 아쉬움이 안 남는 경기 펼쳐보자고."

"나는 아쉬움은 안 남았는데."

"나는 많이 남았어."

도백필은 의미심장한 미소를 지었다.

"이기지 못했다는 아쉬움이 아직도 머릿속에 생생하게 남아 있거든."

이기지 못하면 의미가 없다.

도백필은 그렇게 생각했다.

개인 리그 결승전이 끝난 이후. 도백필은 강민허와의 재대
결을 위해 노력하고 노력했다.

한 선수를 쓰러뜨리기 위해서 이토록 철저하게 준비한 적
은 단 한 번도 없었다. 도백필의 게임 인생 역사상 처음 있는
일일 것이다.

준비를 모두 마친 도백필.

개인 리그 결승 때와는 많이 다를 것이다.

*　　　　*　　　　*

관중들이 하나둘씩 몰려들기 시작했다.

벌써 의자를 꽉 채웠다.

관중들 사이에는 게임업계 관계자들도 많이 보였다.

그중에서 유독 눈에 띄는 인물들이라고 함은 타 팀 구단
소속 선수들이었다.

나이트메어 선수들도 와 있었다.

이들은 비록 결승 진출에 실패했지만, 우수한 성적을 거두
게 되었다.

다음 프로 리그 시즌을 기약하기 위해 오늘의 결승전 무대
를 머릿속에 잘 담아두기로 했다. 내년에는 이들이 결승전 무
대를 노릴 테니 말이다.

간단한 메이크업을 마친 선수들은 대기실 모니터를 통해 결승 무대 축하를 위해 부산까지 내려오게 된 가수들의 공연을 바라봤다.

그 와중에 한 인물이 강민허를 찾아왔다.

"실례합니다."

조심스럽게 대기실 안으로 모습을 드러내는 이화영. 그녀를 보자마자 오진석 코치는 바로 강민허를 찾았다.

"민허야. 손님 왔다."

소개를 받은 이화영은 강민허에게 손을 흔들어 보였다. 강민허는 머쓱한 듯 웃었다.

강민허와 이화영의 교제 사실을 모르는 이는 아무도 없었다.

다른 사람들이 보는 앞에서 성사되는 커플끼리의 만남에 강민허는 아직 적응하지 못했다.

쑥스러움이 밀려왔다. 강민허답지 않은 모습에 성진성은 웃음을 토해냈다.

"짜식, 너한테 간만에 인간미를 보는구나."

"내가 뭐."

"게임만 할 줄 아는 로봇인 줄 알았거든. 그런데 이렇게 보니까 너도 사람은 사람이구나."

어이없는 웃음을 흘리는 강민허.

보는 눈이 많았기에 강민허는 이화영과 함께 따로 이동했다.

이화영도 오늘 결승 무대에 오를 예정이었다.

승자 인터뷰를 비롯해 관중들과의 인터뷰 등등. 그녀가 활약할 요소들이 곳곳에 존재했다.

"민허 씨. 오늘 경기, 힘내라고 응원 왔어. 그래도 애인인데 중요한 경기 앞두고 있는 남자 친구를 위해서 얼굴이라도 한번 봐야지. 안 그래?"

"고마워. 덕분에 힘이 좀 나는 거 같아."

"더 힘나게 해줄까?"

이화영은 자신의 입술을 가리켰다. 무엇을 의미하는지 강민허는 잘 알고 있었다.

사람들이 안 보는 사이에 강민허는 이화영과 짧은 키스를 주고받았다.

"그럼 힘내!"

이화영은 목적을 달성했다는 듯이 빠르게 걸음을 재촉했다.

멀어지는 그녀의 뒷모습을 보면서 강민허는 옅은 미소를 지었다.

"누가 누구를 응원한 건지 모르겠지만."

왠지 주객전도가 된 느낌이 들지만, 그래도 너무 깊게 생각하지 않기로 했다.

*   *   *

드디어 ESA와 이레이저 나인 선수들이 무대 위로 올라섰다.

민영전 캐스터를 비롯해 중계진도 오늘의 결승 무대를 위해 잔뜩 멋을 부렸다.

"오늘 경기에 임하는 각 팀의 각오를 대표 선수들에게 한 마디씩 들어보도록 할까요! 우선 이레이저 나인부터 들어보도록 하겠습니다."

마이크를 차지한 사람은 도백필이었다.

도백필은 짧게 답했다.

"무조건 이기겠습니다."

관중들은 열광했다.

이레이저 나인의 팬이 많은 만큼 함성 소리 역시 광안리 해수욕장에 가득 채워졌다.

다음, ESA의 차례가 돌아왔다.

원래 주장인 최승헌이 마이크를 잡으려 했다. 그러나 최승헌은 강민허에게 마이크를 양보했다.

"민허야. 네가 한마디 해라."

"제가 해도 돼요?"

"네가 우리 팀 에이스니까."

주장은 아니지만, 강민허는 ESA를 상징하는 선수가 되었다. 강민허는 마이크를 들었다.

"저희도 무조건 이기겠습니다."

도백필과 같은 말을 반복하는 강민허였다.

구구절절 말을 길게 할 생각은 없었다. 경기로 보여주면 된다.

그렇게 선수들은 무대에서 내려와 벤치로 돌아왔다.

첫 번째 경기에 임하게 된 건 ESA의 영원한 선봉, 조민학이었다.

조민학은 크게 심호흡을 했다.

평정심을 유지하면서 머릿속으로 연습했던 내용들을 계속해서 반복하고 반복했다.

자신이 선취점을 따내줘야 한다. 그래야 후발 주자들에게 크나큰 힘을 실어줄 수 있을 터.

모든 준비를 마쳤다. 상대편 선수도 마찬가지.

선수들의 준비가 모두 끝났음을 보고받은 민영전은 큰 목소리로 외쳤다.

"지금부터 ESA 대 이레이저 나인! 이레이저 나인 대 ESA의 첫 번째 경기를 여러분들의 뜨거운 함성과 함께 시작하겠습니다!"

"와아아아아아!!!"

광안리 해수욕장이 떠나갈 것처럼 엄청난 함성이 울려 퍼지기 시작했다.

드디어 대망의 첫 번째 경기가 시작되었다.

첫 스타트를 끊은 건 조민학의 돌진이었다.

조민학답지 않은 과감한 움직임이었다.

조민학은 그동안 수동적인 플레이를 많이 해왔었다.

그러나 이번에는 달랐다.

자신이 고집하던 스타일을 이번 경기에선 과감하게 버리기로 했다.

상대는 강팀이다. 약팀 입장에서 강팀을 꺾을 수 있는 방법은 바로 변수를 두는 것이다.

조민학은 그것을 강민허를 통해 깨닫게 되었다.

'지금 이 순간만큼은… 나도 제2의 강민허다!'

조민학은 그렇게 스스로를 격려했다.

빠르게 치고 나가는 조민학.

맹공을 퍼부었지만, 상대는 조민학이 생각했던 것보다 가드 실력이 뛰어난 편이었다.

정면을 때리다가 측면으로 변칙 공격을 날려도 상대방은 방패로 조민학의 공격을 퉁! 하고 쳐내 버렸다.

어마무시한 반사 신경이었다.

'보통은 이렇게 공격하면 그래도 한두 대 정도는 허용하던데.'

그러나 상대방은 전혀 그러질 않았다.

계속 공격을 감행하던 조민학. 그의 공격이 먹혀들지 않음에 따라 점점 초조해질 수밖에 없었다.

'어쩐다?'

좀 더 효율적인 공격을 펼쳐야 한다.

결국 조민학은 도박수를 던지기로 했다.

방패를 포기하고 양손 검으로 바꿨다.

공격력이 배로 상승하지만, 그만큼 방어력도 낮아진다.

조민학 입장에서 보자면 이건 승부수였다.

이렇게 해서 공격이 먹히지 않는다면, 조민학이 역으로 아웃을 당할 것이다.

조민학은 각오를 굳혔다.

"가자!"

두손으로 검을 들고 상대방을 향해 달려들었다.

그 순간, 상대방은 조민학이 이런 공격을 해올 줄 알았다는 듯이 반격을 가하기 시작했다.

여태껏 가드를 굳히고 방어적인 태도를 취하던 상대방이 갑자기 공격 태세로 전환하게 될 줄은 미처 몰랐다.

"앗차!"

조민학은 뒤늦게 방패를 들어 올리려 했다. 그러나 그 전에 이미 큰 공격을 허용당하고 말았다.

HP가 20퍼센트 가까이 깎여 나갔다.

"조민학 선수! 큰 거 한 방을 허용합니다!"

"방심한 건가요, 조민학 선수. 아니면 공격이 너무 안 통해서 성급한 판단을 내린 걸까요. 어느 쪽이 되었든 간에 방금의 선택은 좋지 않았네요. 본인의 플레이를 완전히 버려서는 안 됩니다. 변수도 좋지만, 지나치게 변수를 남발하면 오히려 경기가 말리게 되니까요."

중계진의 말대로였다.

강민허처럼 승부수를 띄우는 것도 좋다.

그러나 그건 어디까지나 내가 상대방에게 뒤처지고 있을 때, 내가 쫓아가야 할 입장일 때 하는 것이 좋다.

조민학은 아직 수세에 몰렸다고 하기에는 부족한 상황이었다.

그럼에도 불구하고 조민학은 처음부터 너무 변수를 남발했다.

이 잘못된 판단은 오히려 상대방에게 기회를 준 꼴이었다.

한 번의 큰 공격을 당하고 말한 조민학은 머릿속이 새하얗게 되어버렸다.

'일 났네!'

한 번의 공격으로 HP를 20퍼센트나 날려 버리다니.

이제 상황은 조민학에게 압도적으로 불리해졌다.

프로게이머들의 실력은 크게 차이가 나지 않는다. 이런 탓에 상대방보다 내가 HP가 20퍼센트 부족하다는 것은, 얼마 차이가 안 나는 실력을 지닌 프로게이머들의 세계에서는 정말로 큰 불리함으로 작용한다.

조민학의 손이 작게 떨렸다.

점점 눈앞이 캄캄해졌다.

어떻게든 자신이 저지른 방금의 실수를 만회해야 한다는 생각밖에 안 들었다.

한편. 벤치에서 이 경기를 관람하고 있던 강민허는 고개를 가로저었다.

"민학이 형, 페이스를 완전히 잃어버렸어요."

"그래 보이는구나."

허태균 감독도 강민허의 말에 동의했다.

무리하게 초반부터 승부수를 띄우려고 했던 것이 조민학에겐 큰 악수로 작용했다.

차라리 하던 대로 했더라면 좋았을 텐데.

그러나 허태균 감독은 한편으론 조민학이 왜 이런 무리한 행동을 저질렀는지 이해할 수 있었다.

첫 번째라는 부담감이 상당했을 것이다.

게다가 상대는 세계 최고의 프로 팀, 이레이저 나인이다.

조민학이 아무리 선봉전에 강하다 하더라도 이레이저 나인을 상대로 하기에는 많이 부족한 감이 없지 않게 있었다.

실제로 조민학의 선봉전 결과 중에서 패배를 기록했던 대전이 서예나를 빼면 전부 다 이레이저 나인이었다.

이레이저 나인만 만나면 진다.

그 생각에 시달려 조민학은 결국 이런 극단적인 선택을 하게 된 것이다.

결과는 안 좋았다.

한번 페이스가 말리기 시작한 조민학은 다시 회복할 수가 없었다.

계속해서 상대방에게 농락을 당하고 말았다.

결국 조민학은 스스로 GG를 선언했다.

"GG! 조민학 선수, 결국 버티지 못하고 GG를 선언합니다! 섣부른 과욕이 패배를 불러온 셈이 되었군요. 안타깝습니다!"

중계진들조차 아까워하는 경기였다.

분명 조민학의 경기력이라면 좀 더 팽팽한 양상을 이끌어낼 수 있었을지도 모른다.

압박감을 못 이긴 조민학의 패배는 ESA에게 큰 타격으로 돌아왔다.

＊　　　＊　　　＊

첫 번째 세트가 끝나고 난 다음, 2세트 경기 준비를 위해 ESA의 2군 팀 멤버들이 부스로 향했다.

그동안 조민학은 고개를 떨군 채 한동안 말을 잇지 못했다.

멘탈이 많이 무너진 듯했다.

그때, 최승헌이 다가와 조민학의 어깨를 토닥여 줬다.

"야, 민학아. 왜 풀 죽어 있어."

"…제가 첫 번째 경기를 어떻게든 잡았어야 했는데… 미안해요, 승헌이 형."

"괜찮아. 너 한 명 졌다고 우리 팀까지 다 진 거 아니야. 아직 경기 많이 남았다. 그러니까 풀 죽어 있지 마. 그리고 고개들어. 우리, 아직 패배한 거 아니니까."

"…예."

조민학은 애써 웃었다. 힘이 들어도 웃음을 유지하는 게 좋다.

그게 모두를 위해서, 그리고 조민학 개인을 위해서도 좋다.

한편, 허태균 감독의 머릿속은 점점 복잡해지기 시작했다.

2세트에 2군 팀 멤버들을 내보냈지만, 차라리 1군 멤버들을 내보낼까 하는 생각이 절로 들었다.

허태균 감독은 나름 시나리오를 구상했었다.

조민학이 1세트를 잡아주고, 2세트는 버린다는 심산으로 엔트리를 짰다.

그리고 본격적인 시합은 3세트부터 시작된다.

3세트에 최승헌, 4세트에 성진성이 포함된 1군 팀, 그리고 마지막 대장전에 확실한 승리 카드인 강민허까지.

3, 4, 5세트까지 어떻게든 넘기면 되지 않을까. 그게 허태균 감독의 생각이었으나.

'2세트까지 지게 되면 안 되는데.'

허태균 감독은 2세트는 사실 ESA에게 승산이 거의 없다고 생각하고 있었다.

물론 스포츠라는 게 마지막에 마지막까지 가보고 나서야 비로소 결과를 알 수 있는 분야이기는 하다. 아무리 많은 전문가들이 분석을 해도 선수의 그날 컨디션에 따라, 그리고 그날의 운에 따라 승부의 결과는 천차만별로 달라지기 때문이었다.

하나 2세트는 이레이저 나인이 가져가게 될 거라는 분석이 압도적이었다.

그리고.

이들의 예상은 크게 빗나가지 않았다.

2세트가 시작되자마자 이레이저 나인의 팀 멤버들은 ESA

를 매섭게 몰아붙였다. 배상연이 소속된 ESA 2군 팀 멤버들은 열심히 분전했지만, 이레이저 나인을 쓰러뜨리기에는 역부족이었다.

결국 이번에도 ESA측에서 먼저 GG가 선언되었다.

위기다.

'큰일 났네.'

허태균 감독은 애써 표정 관리를 하기 위해 최대한 무표정을 유지하려 노력했다. 그러나 다리는 저절로 떨리고 있었다.

자신도 모르게 떠는 다리를 통해 허태균 감독이 얼마나 초조해하는지 알 수 있었다.

그건 비단 선수들도 마찬가지였다.

이제부터 단 한 경기도 내어줘선 안 된다. 그 즉시 이레이저 나인의 승리가 결정된다.

최승헌의 어깨가 무겁다.

그럼에도 최승헌은 씨익 웃었다.

"걱정하지 마세요. 제가 반드시 이기겠습니다."

최승헌은 본래 멘탈이 강한 선수가 아니다. 그러나 이번 프로 리그를 통해 최승헌은 많이 성장했다.

그 성장의 증명을 이번 무대에서 보여줄 생각이었다.

최승헌의 자신만만한 모습을 본 강민허는 성진성에게 작게 말했다.

"이번 3세트는 왠지 우리가 이길 거 같아."

"근거는?"

"그냥 촉이 왔어."

상당히 비과학적인 근거였다.

그럼에도 성진성은 강민허의 말에 믿음이 갔다. 아니, 믿고 싶었다.

최승헌이 활약해 주지 않으면 ESA에게 다음은 없다. 이대로 3 대 0. 셧아웃을 당하게 될 것이다.

오진석 코치는 두 손을 모았다.

"비나이다, 비나이다! 제발 승헌이가 이기게 해주세요!"

"너, 평소에 교회도 안 다니면서. 이럴 때만 기도하는 거냐."

"감독님도 얼른 기도하세요! 저희, 지금 벼랑 끝까지 몰려 있지 않습니까!"

"그렇긴 하지."

허태균 감독은 담담한 표정을 지었다.

언제 어느 때라도 감독은 냉철한 모습을 보여야 한다.

당황해서는 안 된다.

물론 속으로는 심장이 매우 급격하게 고동치고 있지만, 그래도 침착한 모습을 보이게끔 노력하려 애를 썼다.

부스에 오른 최승헌은 손목을 풀기 시작했다.

"후우."

깊은 숨결을 토해냈다.

헤드셋을 쓴 뒤, 상대 선수를 한번 응시했다.

김남연 선수. 예전에 최승헌과 개인 리그, 프로 리그에서 자주 맞붙었던 선수였다.

상대 전적은 10전 4승 6패. 최승헌이 김남연에 비해 승률이 약간 떨어진다.

그래도 못 이길 상대는 아니다.

충분히 노력하면 이길 수 있는 선수다. 그 점이 최승헌에게 용기를 심어줬다.

'여태껏 주장답지 않은 모습만 보여줬으니, 이번에야말로 내가 ESA의 주장이라는 모습을 확실하게 보여줘야지. 암!'

무조건 이긴다!

이것이 최승헌의 각오였다.

* * *

드디어 3세트가 시작되었다.

경기가 시작되자마자 중계진은 빠르게 말을 이어갔다.

"어쩌면 마지막 세트가 될 수도 있습니다. 최승헌 선수의 어깨가 굉장히 무거울 텐데요."

"원래 제가 아는 최승헌 선수는 멘탈이 강한 편이 아니거든요. 그래서 지금은 꽤나 걱정이 됩니다."

서이우 해설 위원은 최승헌의 현재 심리 상태에 대한 걱정을 표했다.

분명 많은 부담감을 느끼고 있을 것이다. 그 부담감이 경기에 어떤 영향을 미칠지는 두고 봐야 한다.

최승헌은 천천히 상대방에게 다가갔다.

1세트, 조민학의 경기를 보면서 최승헌은 많은 깨달음을 얻었다.

중요한 무대일수록 괜한 시도를 하려고 하는 것보다 오히려 자신만의 플레이를 유지하는 때가 훨씬 더 도움이 많이 된다.

물론 상대방이 나보다 훨씬 승률도 좋고 압도적인 실력을 가지고 있다면 충분히 도박 수를 띄워볼 만하다.

그러나 그게 아닌 이상은 본인이 평소에 꾸준히 소화해 오던 플레이를 보여주는 게 훨씬 중요하다. 최승헌은 이것을 깨달았다.

원래 필살기성 전략을 하나 준비했었다.

그러나 그 전략은 버리기로 했다.

과감한 전략 수정. 허태균 감독은 침음을 흘렸다.

"결국 그렇게 가기로 했구나, 승헌아."

어떤 전략을 사용할지. 이것에 대한 결정권은 선수에게 있다.

선수가 상황에 맞게 알아서 전략을 사용해야 한다. 최승헌은 과감하게 준비했던 전략을 버리고 자신만의 플레이로 경기를 풀어나가기로 결심했다.

점점 거리를 좁혔다.

상대 선수 역시 피하지 않고 최승헌과 같이 나란히 거리를 좁히기 시작했다.

머지않아 두 선수는 정면 대결을 펼칠 것이다.

바로… 지금!

까아아앙!!

최승헌의 검과 김남연의 도끼가 맞붙었다.

첫술에 배부를 순 없다. 한동안 최승헌과 김남연은 상대방의 실력이 어느 정도 되는지를 가늠하기 위해 가드를 단단히 굳히면서 기본적인 공격 스킬들만 사용했다.

서로 10경기나 공식전에서 맞붙었지만, 그날의 경기 일자에 따라 어떤 성향을 보이는지 달라지기 때문에 이 성향을 파악해 두는 편이 매우 중요하다.

한동안 뻔한 공격만을 주고받던 두 선수들.

그때.

김남연 선수가 먼저 변칙 수를 꺼내 들었다.

제37장
재능 넘치는 게이머

김남연 선수는 가드를 내리고 강하게 도끼를 휘둘렀다.

　후웅! 풀 스윙이었다.

　도끼 휘두르기. 가드 크러쉬와 동일한 효과를 지닌 공격 스킬이었다.

　터엉! 최승헌의 소형 방패가 튕겨 나갔다. 한동안 방패를 사용할 수 없게 되어버린 최승헌.

　김남연은 애초에 최승헌의 HP를 크게 깎아먹기 위해 도끼 휘두르기 스킬을 사용한 게 아니었다.

　목표는 최승헌의 방패였다.

가드를 못 하게 만들기 위해서 일부러 도끼 휘두르기를 사용했다.

방패를 영원히 사용 못 하는 건 아니다. 3분이라는 지속 시간만 지나면 다시 방패를 사용할 수 있게 된다.

그러나 PvP에선 3분이라는 시간이 상당히 크다.

최승헌도 그걸 잘 알기에 우선은 반격보다 재정비를 택했다.

뒤로 물러선 최승헌. 절로 침을 꿀꺽 삼켰다.

HP 손실은 없었지만, 방패를 당분간 사용 못 하게 되었다는 것만으로도 큰 타격을 입은 것과 다를 바 없었다.

이렇게 된 이상, 강제로 양손 검 폼으로 바꿀 수밖에 없었다.

"운도 안 좋지."

최승헌은 한탄했다. 원래 그는 공식 경기에서 양손 검 폼을 잘 사용하지 않는다. 최승헌은 밸런스형 캐릭터를 좋아한다. 그러나 양손 검 폼은 방어력을 포기하고 공격력을 높이는 자세다. 최승헌이 좋아하는 밸런스가 무너진다.

김남연 선수도 양손으로 도끼를 잡았다.

이 구도. 김남연이 좋아하는 구도다.

가드 굳히기 이런 거 없이 오로지 공격만 주고받는 난타전. 김남연의 특기 중 하나다.

상황은 김남연에게 유리하게 흘러가기 시작했다.

ESA 벤치에 앉아 있는 선수들은 그야말로 안달이 났다.

"일 났네, 일 났어!"

"이러다가 주장이 지기라도 하면 어쩌지?!"

"그러면 우리, 그대로 짐 싸고 다시 서울로 올라가야지, 뭐."

"하, 제발! 승헌이 형! 힘내주세요!"

가장 안달이 날 만한 선수들은 바로 4, 5세트에 출전하는 선수들이다.

성진성은 어느새 오진석 코치와 한마음 한뜻이 되어 기도를 올리기 시작했다.

반면, 강민허는 말없이 모니터를 응시했다.

'아직 경기 끝난 거 아니야!'

승부는 마지막에 마지막까지 가 봐야 아는 법이다.

끝까지 포기해선 안 된다! 지금의 최승헌에게 필요한 건 바로 근성이다.

'침착하자. 이럴 때일수록 냉철하게 상황을 분석하는 거야!'

절대로 불리한 게 아니다. 상대방과 상황이 똑같아졌을 뿐이다.

최승헌은 김남연에게 넘어간 분위기의 흐름을 다시 되찾기 위해 선공을 가했다. 성공하면 기세를 되찾아오는 거고, 실패하면 그대로 안 좋은 분위기를 계속 이어나갈 수밖에 없다.

이건 최승헌에게 있어서 커다란 모험이었다.

앞으로 돌진한 최승헌은 시전 시간이 짧은 스킬들을 위주로 공격을 감행했다.

도끼 전사보다 최승헌의 검사가 공격 속도가 빠르다. 이 이점을 이용하기 위한 스킬 세팅이었다.

공속은 빠르지만, 공격력은 김남연이 최승헌보다 높다.

김남연은 최승헌에게 일격을 가했다.

한 대 맞으면 HP가 30퍼센트나 깎일 만큼 강력한 공격 스킬이 시전되었다. 그럼에도 최승헌은 당황하지 않고 침착하게 작은 움직임만으로 김남연의 큼지막한 공격을 피해냈다.

김남연은 감탄사를 내뱉었다.

"빨라!"

최승헌의 움직임은 김남연이 생각했던 것보다 훨씬 빠르고 정교했다.

김남연이 알던 최승헌이 아니었다.

움직임이 너무 좋다. 상대 선수 입장에서 감탄이 절로 나올 만큼 완벽한 움직임이었다.

PvP의 생명은 높은 공격력도, 높은 방어력도 아니다.

바로 움직임이다.

아무리 상대가 강력한 스킬을 날렸다 해도 맞추지 못하면 의미가 없지 않은가. 최승헌은 움직임 하나만으로 김남연의 공격을 모두 흘려 버렸다.

그리고 최승헌 본인의 공격은 김남연에게 적중시켰다.

한 명의 공격은 빗나가고, 한 명의 공격은 제대로 먹혀 들어갔다.

HP 상황에서 우위를 점하기 시작하는 최승헌.

그의 놀라운 컨트롤에 중계진은 소리쳤다.

"아니, 저희가 아는 최승헌 선수 맞습니까?! 이 선수가 이렇게 컨트롤이 좋았나요?!"

"따지고 보면 같은 팀에 컨트롤로 정점을 찍은 선수가 있지 않습니까. 강민허 선수와 매일 스파링을 하면서 컨트롤 실력을 갈고닦았다는 이야기를 선수들을 통해 직접 들은 적이 있습니다. 그 특훈의 성과가 아닌가 싶네요."

"과연! 그렇군요! 강민허 선수와 맞상대를 하다 보면 저 정도 움직임은 기본으로 나와야죠!"

이제야 중계진은 최승헌의 놀라운 움직임이 어디서 나오게 되었는지 알게 되었다.

강민허와의 연습 덕분이었다.

강민허는 한번의 공격이 성공하면, 그 공격으로 엄청난 대미지를 뽑아내는 무시무시한 선수다. 강민허에게 한 번이라도 맞으면 안 된다. 그 일념으로 최승헌은 특훈을 거듭하고 거듭했다.

처음에는 강민허가 자신보다 후배라서, 그리고 ESA에 들어온 지 얼마 안 되는 신인이라서 그를 무시하는 경향이 있었다.

그러나 강민허는 본인의 존재감을 점차 증명시켜 왔다.

2부 리그 우승! 그리고 도백필을 상대로 개인 리그에서 우승! 이제 더 이상 강민허의 실력에 토를 달 만한 ESA 선수는 없었다.

자존심 높은 성진성조차 인정한 게 바로 강민허다. 최승헌이 인정하지 않을 수가 없었다.

결국 최승헌은 자존심이고 뭐고 이런 거 다 버리고 본인이 먼저 직접 강민허에게 찾아갔다.

그리고 이렇게 부탁했다.

자신의 연습에 어울려 달라고.

강민허는 혼쾌히 승낙했다.

최승헌이 3세트를 이겨줘야 강민허가 도백필과 경기를 가질 수 있는 승산이 늘어난다. 그래서 강민허는 자신의 연습 시간을 쪼개면서까지 최승헌과의 대전에 몰두했다.

그 결과.

최승헌은 김남연을 상대로 GG를 받아내기 일보 직전까지 갔다.

"마지막까지 방심하지 말자!"

최승헌은 스스로에게 다짐하듯 말했다.

강민허가 최승헌에게 일러준 또 다른 점.

바로 방심해선 안 된다는 것이다.

상대방의 HP가 1밖에 안 남아 있더라도 마치 100퍼센트 남아 있는 것처럼 상대하라. 그것이 강민허가 일러준 조언이었다.

방심은 최대의 적이다. 최승헌은 강민허가 알려준 것을 머릿속에 그대로 간직한 상태였다.

결국 마지막까지 방심을 하지 않은 최승헌은 끝까지 본인에게 유리한 상황을 유지, 이끌어가면서 김남연에게 GG를 받아내는 데에 성공했다.

"최승헌 선수가 귀중한 1승을 따냅니다! 이제부터 ESA의 반격이 시작되는 걸까요? 잠시 후! 4세트로 찾아뵙겠습니다!"

민영전 캐스터의 멘트와 함께 광고 시간이 돌아왔다.

부스에서 나온 최승헌. 그가 나오자 팬들은 환호성을 들려줬다.

"최승헌! 최승헌! 최승헌!"

원래 경기가 끝나자마자 최승헌은 나와서 세리머니를 할 생각이었다. 그러나 너무 긴장한 나머지 세리머니를 한다는 것조차 잊어버리고 말았다.

계속 부스에 앉아 멍하니 있었다.

광고 타임이 되고 나서야 최승헌은 부스에서 나올 수 있었다.

그가 돌아오자 선수들은 최승헌과 차례로 하이파이브를 했다.

특히 오진석 코치의 기뻐하는 모습이 유독 눈에 띄었다.

"잘했어, 승헌아! 난 네가 해낼 줄 알고 있었다!"

"감사합니다, 코치님. 저 혼자서 일궈낸 승리가 아니라 모두가 만들어낸 승리예요. 정말 모두에게 고맙다는 말을 전하고 싶습니다."

강민허뿐만 아니라 최승헌을 도와준 이들이 너무나도 많이 있었다. 최승헌은 이 승리의 기쁨을 혼자서 독식하는 게 아닌, 모두와 함께 나누고 싶었다.

*   *   *

1 대 2.

1점 뒤처진 상황에 놓이게 된 ESA 벤치는 다시 긴장으로 물들었다.

최승헌이 기적이 1승을 따낸 건 기뻐할 만한 일이지만, 아직 경기에서 이긴 건 아니었다. 우승을 하려면 아직 2세트를 더 따내야 한다.

남은 세트는 무조건 이긴다! 이런 마음가짐으로 경기에 임해야 한다.

드디어 성진성과 한보석, 하인영이 부스 안으로 들어서기 시작했다.

나선형 코치가 들어와 이들의 장비 세팅을 도와줬다.

"조금이라도 문제 있을 경우에는 바로 퍼즈 걸고 스태프에게 알려. 중요한 경기니까. 알겠지?"

"예!"

"그리고 무조건 이기자. 이겨서 민허에게 마지막 바통을 넘겨주도록 하자. 자, 파이팅하자. 파이팅!"

"파이티잉!!!"

투지가 넘치는 성진성 팀.

최승헌의 승리가 이들의 사기를 끌어 올리는 데 결정적인 역할을 했다.

경기에 들어가자마자 성진성은 한보석과 하인영, 두 사람으로부터 잔뜩 버프를 받았다.

본래 성진성 팀의 포메이션은 크게 두 가지로 갈린다.

성진성이 정면에서 버텨주고 한보석과 하인영이 원거리 딜러 역할을 하는 수비 포메이션.

반대로 성진성이 상대 진영으로 파고들어서 적 팀의 진영을 헤집어놓는 동안, 한보석과 하인영이 한 명씩 타겟팅을 선

정해 아웃시켜 각개격파를 해나가는 공격 포메이션.

원래 이들은 수비 포메이션을 주로 하는 팀이었다.

그러나 성진성은 도중에 작전 변경을 요청했다.

"보석이 형! 플랜 B로 가자!"

"뭐?! 원래 A로 가기로 했잖아!"

"승헌이 형이 이겨줬잖아. 이 기세를 그대로 가지고 가야해. 걱정하지 마. 상대는 수동적으로 나올 거야. 이럴 때, 우리에겐 오히려 기회가 찾아온다고!"

원래 수비 포메이션보다 공격 포메이션이 성진성의 플레이 성향에 더 잘 어울린다.

한보석은 한숨을 내쉬었다.

성진성의 말이 맞을지도 모른다.

"그래, 한번 가보자!"

"오케이!"

이들은 빠르게 상대 진영을 향해 나아갔다.

갑자기 변경된 플랜에도 불구하고 성진성과 한보석, 하인영은 뛰어난 팀플레이를 보여주면서 우세를 이끌기 시작했다.

성진성의 화려한 개인기에 이레이저 나인 선수들은 당황했다.

"ESA에 이렇게 기량이 뛰어난 선수가 있었어?!"

"성진성 선수잖아! 신인이 저렇게 실력이 좋다고?!"

이들은 아직 깨닫지 못했다.

강민허와 연습하면서 실력이 일취월장한 건 비단 최승헌뿐만이 아니었다.

성진성도 마찬가지였다.

오히려 강민허와 연습한 시간으로 따지면 성진성이 최승헌보다 압도적으로 많았다.

예전의 성진성이 아니다. 성진성은 경기를 거듭하면 거듭할수록 성장한다.

지금도 마찬가지였다.

이레이저 나인 팀플 선수들조차 성진성의 급성장을 눈치채지 못했다. 3 대 1 구도가 만들어졌음에도 불구하고 성진성은 일당백이었다.

쩔쩔매는 이레이저 나인 선수들, 벤치에선 난리도 아니었다.

"저 녀석들, 왜 저래?!"

"상대는 고작 ESA잖아! 후딱 이겨 버려!"

그러나 도백필은 잠자코 있었다.

분위기가 이상하게 돌아가고 있음을 감지한 것이다.

도백필은 이레이저 나인 감독에게 속삭였다.

"아무래도 조만간 저, 경기 투입 준비해야겠네요."

"……."

감독은 말을 잇지 못했다.

사실 그도 어렴풋이 알 것 같았다. 4세트 흐름이 ESA에게 많이 넘어갔음을.

이들의 예상대로 4세트는 ESA가 끝까지 유리한 흐름을 지키면서 승리를 가져가게 되었다.

성진성은 두 손을 불끈 쥐었다.

"나이스!"

"이겼다!!!"

성진성과 한보석, 하인영은 바로 부스에서 뛰쳐나와 벤치에 있는 선수들과 포옹을 했다.

이로서 경기는 2 대 2.

마지막 단 한 경기, 대장전만을 남겨두게 되었다.

로인 이스 온라인 개인 리그 결승 이후 처음으로 맞붙게 된 강민허와 도백필.

이번 경기가 거의 하이라이트라 해도 무방할 정도로 많은 관심을 받고 있었다.

부스 안으로 들어가기 전에 도백필이 먼저 강민허에게 다가왔다.

이례적인 모습이었다. 도백필이 상대 선수에게 먼저 다가가다니.

강민허는 의아한 듯 고개를 갸우뚱했다.

"왜? 갑자기."

"다시 한번 맞붙게 된 결승전인데. 서로 좋은 경기 해보자는 의미에서 인사나 나누려고."

"안 하던 짓을 하네."

"그러게 말이야."

도백필도 스스로의 행동에 조금은 부끄러운 모양인지 얼굴을 살짝 붉혔다.

강민허와 도백필은 서로 손을 마주잡았다.

악수를 나누는 두 남자. 카메라는 이들의 모습을 집중적으로 비췄다.

중계진도 처음 보는 현상에 놀라 입을 다물지 못했다.

"도백필 선수가 먼저 상대방 선수에게 다가가서 악수를 청하는 일이 있었나요? 제가 기억하는 바로는 없던 걸로 압니다만."

"저도 마찬가지입니다. 서이우 해설 위원은요?"

"저도요."

중계진뿐만 아니라 로인 이스 온라인을 좋아하는 게임 팬들조차 처음 보는 광경이었다.

희한한 현상이었다.

하나 기분이 나쁘거나 하진 않았다. 오히려 페어플레이를 다짐하는 두 남자의 모습은 보기 좋았다.

부스 안으로 들어선 강민허는 바로 세팅에 들어갔다.

여기서 이기고 지는 것. 그 결과에 따라 ESA가 우승컵을 들어 올리느냐, 못 들어 올리느냐가 갈리게 될 것이다.

상황이 이렇다 보니 강민허의 어깨가 굉장히 무거워졌다.

그래도 강민허는 큰 부담을 느끼지 않았다. 이런 무대는 자주 서봤다. 긴장감보다는 도백필과 이런 멋진 무대에서 다시 경기를 펼칠 수 있게 되었다는 기쁨이 더 크게 작용했다.

그것은 물론 도백필도 마찬가지였다.

복수전이라고 해서 눈에 불을 켜거나 하는 모습은 보이지 않았다.

넘버원의 자리를 내어주게 된 도백필이지만, 그는 오히려 강민허에게 먼저 다가가 악수를 청함으로서 다시 한번 그와 경기를 펼칠 수 있게 되었다는 사실에 기쁨을 드러냈다.

강민허도 도백필의 이런 태도가 마음에 들었다.

'괜히 넘버원 자리를 지켜왔던 선수가 아니야.'

인성이 이미 된 선수다.

강민허는 재능과 실력은 그 어떠한 프로게이머들보다도 자신이 있다고 생각했지만, 인품은 확실히 도백필을 보고 배워야겠다는 생각이 들었다.

그러나 그것과 경기 내용은 별개다.

'무조건 이긴다!'

강민허는 오늘, 반드시 이기고 가겠다는 다짐을 가지고 이 번 결승 무대에 올라섰다.

양 선수의 준비는 빠르게 끝났다.

민영전 캐스터는 드디어 이번 시즌 프로 리그 마지막 경기 가 될 강민허와 도백필의 경기 시작을 알렸다.

"지금부터 강민허 대 도백필! 도백필 대 강민허의 마지막 경 기를 뜨거운 함성과 함께 시작하도록 하겠습니다!"

광안리 전체가 크게 들썩였다.

드디어.

마지막 경기의 막이 올랐다.

*　　　　*　　　　*

강민허는 먼저 섣불리 도백필에게 달려들지 않았다.

이미 강민허의 플레이 성향은 도백필에게 많이 분석을 당했 을 것이다. 모니터링뿐만 아니라 도백필은 강민허와 다전제 경 기까지 가져본 경험이 있었다. 이미 도백필이 어떤 선수인지 훤히 꿰차고 있을 것이다.

상대방이 자신에 대해 잘 아는데, 무리해서 먼저 덤벼들 필 요는 없다. 상황이 어떻게 돌아가는지. 그리고 상대방이 어떤

재능 넘치는 게이머 273

준비를 해 왔는지 한번 분석을 하고 들어가는 편이 좋다.

강민허는 도백필의 주변을 맴돌았다. 이동속도는 강민허가 훨씬 높다. 강민허의 움직임을 따라잡을 수 없다는 것을 잘 알고 있는 도백필이기에 가드를 단단히 하고 강민허의 스텝을 예의 주시 했다.

'어디로 들어올지 종잡을 수가 없네.'

도백필은 쓴웃음을 지었다.

강민허와 다전제 경기까지 가졌었는데. 아직도 강민허와의 경기가 영 적응이 되질 않았다.

머릿속으로는 알고 있다. 그러나 강민허는 이론만 있다고 막을 선수가 아니다.

컨트롤이 뒤따라 줘야 한다. 도백필은 강민허와 필적할 컨트롤을 가지고 있지만, 그럼에도 불구하고 결승전에서 강민허에게 패배했다.

패배의 이유는 간단하다.

강민허가 더 준비를 잘했다.

도백필은 사실 방심을 했던 이유도 있었다. 지금까지 해온 것처럼 무난하게 하면 강민허를 이길 수 있겠지. 이런 생각이 들 때도 있었다.

그러나 이 생각은 도백필에게 큰 독이 되었다.

결국 도백필은 강민허에게 패배했고, 챔피언의 자리를 그에게 내어주게 되었다.

지금 도백필은 도전자다.

'도전자라면 도전자답게 패기 넘치는 플레이를 선보여야 하지 않겠나!'

도백필은 가드를 내렸다. 그런 뒤, 강민허에게 공격을 시도했다.

강민허는 솔직히 놀랐다.

'먼저 공격을 해올 줄은 몰랐는데?'

강민허는 도백필이라면 필히 가드를 굳히고 있다가 반격을 꾀하는 플레이를 선보일 거라고 생각했었다.

그러나 도백필의 움직임은 굉장히 적극적이었다. 강민허가 부담을 느낄 정도로 공격을 과다하게 해왔다.

그러나 마구잡이 공격은 아니었다.

하나같이 다 날카롭고 정갈된 공격이었다.

빈틈을 노리려 해도 도백필은 쉽게 강민허에게 틈을 허용하지 않았다. 스킬 쿨타임이 이때쯤이면 돌겠다 싶을 때, 도백필은 살짝 뒤로 뺀 다음에 강민허를 유인한 뒤 바로 큼지막한 공격 스킬을 날렸다.

"오호!"

강민허는 감탄했다. 솔직히 이건 예상 못 했다. 그러나 피지컬로 충분히 피할 수 있는 거리였다.

캐릭터를 옆으로 이동시키면서 무빙만으로 상대방의 필살의 일격을 그대로 흘려 버리는 강민허. 이번에는 도백필의 입에서 감탄이 흘러나왔다.

'역시 강민허야. 이래야 나의 라이벌이라 불릴 만하지!'

서로 치열한 공방을 주고받기 시작했다.

한치 앞도 예상 못하는 난타전. 경기는 화끈했다.

서로의 HP가 빠르게 줄어들었다. 방어력이 낮은 강민허의 HP 차감 속도가 더 빨랐다.

'난타전으로 끌고 가면 내가 불리해.'

해결책을 모색해야 한다.

라이트닝 어퍼를 시전했다. 콤보를 노린 한 방이었다.

그러나 도백필은 강민허의 라이트닝 어퍼 타이밍을 기가 막히게 예상했다.

터엉!

라이트닝 어퍼가 방패에 막혔다.

콤보 연계 스킬 하나를 잃게 된 강민허는 바로 캐릭터를 뒤로 이동시켰다. 도백필이 그것을 놓칠 리 없었다.

"마무리를 지어주마!"

도백필의 날카로운 검날이 강민허의 라울을 찢어버리기 위해 번뜩였다.

그러나 강민허는 싱긋 미소 지었다.

"걸려들었어."

백스텝 이후 강민허는 큰 거 한 방을 날렸다.

붕권! 강민허가 지닌 단일 공격 스킬 중 가장 강력한 대미지를 뽑아낼 수 있는 스킬이 도백필에게 명중했다.

도백필의 캐릭터는 뒤로 나가떨어졌다.

아차 하는 표정을 짓는 도백필.

'내가 하던 작전을 역으로 사용할 줄이야!'

난타전을 이끌어가다가 캐릭터를 뒤로 물렀을 때. 빈틈을 보여주고 상대방의 공격을 유도하게끔 만든다. 그때, 역으로 큼지막한 스킬을 날려 강력한 대미지를 입힌다. 이것이 도백필이 오늘 가져온 전략이었다.

그것을 강민허가 역으로 이용한 것이다.

"전략이라는 건 말이야. 반드시 내 머릿속에서 나와야 한다는 법은 없잖아?"

강민허의 말대로였다. 본인이 짠 전략만 사용하란 법은 없다. 상대방이 사용하던 전략으로 역으로 사용한다고 문제될 건 없었다.

하지만 도백필이 놀란 건 이 부분이 아니었다.

도백필은 이 전략을 사용하기 위해 일주일 내내 타이밍을 잡는 연습만 거듭해 왔다.

처음에는 성공률이 10퍼센트도 되지 않았다. 그것을 피나는 연습으로 90퍼센트까지 끌어 올렸다.

그러나 강민허는 이 작전을 보자마자 바로 카피해 버렸다.

심지어 성공했다!

'역시… 대단해!'

도백필은 강민허를 인정할 수밖에 없었다.

그리고 동시에 깨달았다.

'이게 재능의 차이라는 거구나.'

도백필도 스스로 재능 있는 게이머라고 생각했다. 그러나 강민허는 그런 차원의 문제가 아니었다.

그는 재능이 너무 넘쳐서 탈인 게이머였다.

재능 넘치는 게이머, 강민허! 도백필은 순간적으로 강민허를 이렇게 평가하고 싶었다.

재능 싸움으로 가면 강민허를 이길 수 없다.

도백필은 그걸 직감했다.

그래도 포기하고 싶진 않았다.

'마지막까지 최선을 다하자!'

그것이 도백필을 응원하는 팬들에 대한 마음가짐이다.

마지막까지 도백필은 강민허에게 매서운 일격을 날렸다. 그의 저항은 매서웠다. 강민허는 혀를 내둘렀다.

"역시 도백필은 도백필이구나."

하지만.

강민허는 승리를 직감했다.

도백필의 HP가 5퍼센트 이하로 떨어졌을 때.

강민허는 다시 한번 필살의 일격을 날렸다.

혼신의 힘을 다한 붕권이 작렬했다! 도백필의 HP는 매섭게 떨어졌다.

도백필의 HP가 제로가 된 순간.

강민허는 두 주먹을 불끈 쥐고 머리 위로 들어 올렸다.

이겼다!

강민허는 다시 한번 도백필을 쓰러뜨리면서 만년 꼴찌 팀이라 불리던 ESA를 우승으로 이끌었다!

*　　　　*　　　　*

민영전 캐스터는 목청이 터져라 외쳤다.

"GG!! 강민허 선수가 승리했습니다! ESA의 우승입니다!"

"마지막까지 가는 대접전이었네요! 올해 초에 있었던 강민허 선수와 도백필 선수의 개인 리그 결승전 때가 절로 떠오르는 그런 명승부였습니다!"

"프로 리그 역사에 길이 남을 명승부라고 장담합니다."

중계진은 강민허와 도백필의 경기력을 극찬했다.

팬들도 승자, 패자 가릴 것 없이 두 선수에게 박수갈채를 보냈다.

최고의 경기였다.

손에 땀을 쥐게 만드는 명승부를 만들어낸 강민허는 부스 문을 열고 바깥으로 나왔다.

나오자마자 ESA 멤버들이 우르르 그에게 달려들었다.

"잘했다, 민허야!!"

"우승이야! 우리가 우승이라고!"

선수들은 하늘을 날 듯 기뻤다.

ESA에 오고 나서 처음으로 거머쥐는 우승 타이틀인데 어찌 기쁘지 않으랴!

이들은 무대 앞에 놓인 우승컵을 향해 다가갔다.

가장 먼저 우승컵을 들어 올릴 자격이 있는 선수가 있었다.

"민허야! 네가 먼저 들어 올려라!"

"우승컵에 키스 한 번 해주고!"

"제가 먼저 들어도 됩니까?"

"물론이지!"

선수들은 강민허에게 첫 번째를 양보했다. 강민허가 없었더라면 ESA는 우승하지 못했을 것이다. 아니, 애초에 이런 결승무대에 발을 들여놓는 것도 불가능했을 것이다.

강민허는 충분한 자격을 갖춘 남자다.

강민허는 양손으로 우승컵을 들어 올렸다.

수많은 취재진들이 몰려들었다.

강민허의 머릿속에는 수많은 생각들이 스치고 지나갔다.

트라이얼 파이트 세계 대회에서 우승했던 강민허. 그러나 세계 무대에서 우승한 선수임에도 불구하고 강민허는 주목받지 못했다.

그러던 와중에 강민허는 도백필의 도발적인 인터뷰 영상을 접하게 되었다.

그것을 계기로 강민허는 로인 이스 온라인의 세계에 뛰어들었다

로인 이스 온라인 선수가 된 강민허. 그는 데뷔한 지 얼마 안 되어 수많은 업적을 남기게 되었다.

2부 리그에 이어 개인 리그, 그리고 프로 리그까지!

강민허는 이로서 3관왕에 오르는 기염을 토해냈다.

이제 더 이상 누구도 강민허를 얕보지 못한다.

'내가 최고다!'

강민허는 다시 한번 정상의 자리에 올라서게 되었다.

에필로그

세계 최정상을 찍은 강민허는 프로 리그뿐만 아니라 이후
에 열리게 된 개인 리그에서도 대활약을 펼쳤다.

"우승은 강민허 선수입니다!"

벌써 개인 리그 트로피만 3번째를 들어 올렸다.

강민허의 독주라 말해도 무방할 정도였다.

그의 무패 행진은 계속되었다.

재능 넘치는 역대급 게이머, 강민허.

그를 막을 선수는 적어도 한국 내에서는 보이지 않았다.

그러던 도중에 강민허의 관심을 불러일으킬 만한 제안이

들어왔다.

이레이저 나인으로부터 연락이 온 것이다.

스카우트 제의였다.

제시한 연봉은 ESA의 2배 이상 된다. 뿐만 아니라 개인 방송이라든지 이런 개인적인 일을 최대한 보장해 주겠다는 조건까지 걸었다.

솔직히 말해서 좋은 조건임에는 틀림이 없었다.

그러나.

강민허는 그 제안을 거절했다.

이레이저 나인에는 도백필이 있다. 강민허는 도백필과 투탑으로 불리고 싶은 게 아니라 자기 자신이 원탑으로 불리기를 원했다. 그리고 강민허는 ESA가 마음에 들었다.

당분간은 ESA와의 의리를 지키겠다고 말한 강민허. 이레이저 나인 감독은 아쉬움을 감추지 못했다.

만약 강민허를 이레이저 나인으로 데려오는 데에 성공했더라면 이레이저 나인은 국내 최강의 선수를 두 명이나 보유하게 되는 셈이다.

그러나 강민허는 결국 ESA에 남아 있기를 택했다. 아쉽지만 어쩔 수 없는 일이었다.

이레이저 나인뿐만 아니라 나이트메어, 후다스 JK등 수많은 구단들이 강민허에게 스카우트 제의를 했다. 그러나 이레이저 나인조차 거절한 강민허가 어디를 가겠나. 당연한 말이지만, 다른 구단들의 스카우트 제의 역시 거절했다.

덕분에 허태균 감독은 안심했다.

만약 강민허가 빠져나간다면, ESA는 그야말로 망한다. 어떻게든 붙잡아야 하는 선수가 바로 강민허다.

강민허를 붙잡기 위해 허태균 감독은 많은 돈을 끌어올 계획이었다. 그동안 강민허를 너무 못 챙겨준 것 같아서였다.

그러나 강민허는 그런 생각은 별로 가지고 있지 않았다.

ESA, 그리고 허태균 감독을 비롯해 ESA 코치들은 강민허에게 정말 잘 대해줬다.

강민허는 거기에 만족을 했기에 계속 팀에 남아 있기로 결정한 것이다.

스카우트 파동이 한 번 크게 불어닥친 이후.

강민허에겐 또 다른 일화가 생겼다.

허태균 감독이 강민허를 불렀다.

"민허야. 이번에 미국에서 열리는 로인 이스 온라인 세계 대회에 관해서 알고 있어?"

"예. 월드 투어 시리즈죠? 예전에 트라이얼 파이트 종목으로 제가 태극기 마크 달고 출전한 적이 있습니다."

"그럼 잘 알겠네. 이번에 로인 이스 온라인 종목으로 출전 선수를 정해야 하는데. 국가 대표 선발 대회가 머지않아 열릴 거다. 최근 국내 리그 우승 경험이 있는 선수들에게는 시드권이 부여되는데, 너에게도 시드권이 배정되었더라."

"이미 예상하고 있었습니다."

"세계 대회에 나갈지 말지는 본인이 직접 결정할 문제라서 미리 너를 부른 거다. 어떻게 할래."

"굳이 물어볼 필요 없지 않나요?"

강민허는 어깨를 으쓱였다.

"당연히 나가야죠."

국내를 재패했으니, 이제 세계를 재패할 일만 남았다.

대한민국은 e스포츠 강국이다. 인프라만 구축되면, 세계 게임 대회 어느 곳을 가든 최소 우승권 안에는 드는 강력한 나라다.

그곳에서 1인자로 군림한 강민허는 이미 전 세계 프로게이머들의 경계 대상 1순위였다.

세계 재패는 강민허의 오랜 숙원 중 하나다.

물론 트라이얼 파이트로 이미 한번 세계 정복에 성공했던 강민허지만, 로인 이스 온라인에서는 아직 세계 타이틀을 거머쥐지 못했다.

못 해서가 아니다. 기회가 없었기 때문이었다.

때마침 월드 투어 시리즈가 열리는 시즌이 다가왔다. 강민허는 이때만을 노리고 있었다.

그전에 선발 대회에서 우승을 해야 한다. 나갈 수 있는 사람은 총 3위까지. 강민허는 당연히 우승을 노리고 있다.

"오늘부터 빡세게 준비해야겠네요."

강민허의 눈에는 벌써부터 승부욕이라는 이름의 불길이 이글이글 타오르고 있었다.

*　　　*　　　*

국가 대표 선발전.

강민허를 비롯해 수많은 프로게이머들이 태극기 마크를 달기 위해 만반의 준비를 하고 이곳 경기장에 도착했다.

수백 대의 컴퓨터 앞에 앉아서 예선전을 치른다.

예선전 이후, 본선 16강전을 치룬 후에 국가 대표로 나설 최후의 3인을 가리게 된다.

도백필은 사정상 이번 선발전에 불참하게 되었다. 시드권조차 포기한 도백필. 그가 불참하게 되었다는 소식에 선수들은 안심했다.

적어도 한 자리는 여유가 생긴 거 아니겠나.

그러나 강민허는 출전을 선언했다.

결국 프로게이머들 사이에선 2위, 아니면 3위를 차지해야 국가 대표로 나갈 수 있다는 말이 기정사실화되고 있었다.

성진성도 선발전에 나가기로 했다.

"심장 떨려 죽겠네!"

유독 긴장하는 모습을 보이는 성진성.

그를 응원하기 위해 예선장을 찾은 강민허는 성진성의 어깨를 주물러 줬다.

성진성 입장에선 강민허가 참으로 편하게 보였다.

"좋겠다. 시드 배정받고. 넌 예선 안 치러도 되잖아?"

"예선 치른다 해도 난 1위 할 자신 있어. 진성이 형은 없어? 설마 그렇진 않겠지?"

"…이 자식이. 사람 약 올리네? 좋아. 내가 어떻게 해서든 16강은 진출한다! 반드시!"

성진성을 다루는 가장 효율적인 방법은 바로 그의 자존심을 살짝 건드려 주는 것이다.

*   *   *

성진성은 본인이 선언한 대로 당당하게 16강 진출을 일궈냈다.

여기서부터 기적이 행해지기 시작했다.

최종 순위, 3등!

그것이 성진성이 차지한 순위였다.

"와, 실화냐?! 내가 3위라고?!"

성진성은 본인이 3위를 차지했음에도 불구하고 믿기지 않는다는 반응을 보였다.

2위를 차지한 사람은 나이트메어의 서진창.

1위는 모두가 예상한 대로 강민허였다.

서진창은 강민허에게 다가와 악수를 청했다.

"좋은 경기였어. 저번에 프로 리그에서 붙었을 때보다도 더 실력이 좋아진 거 같은데?"

"형도요. 만약 제가 조금이라도 스킬을 늦게 사용했더라면, 제가 졌을지도 몰라요."

강민허는 서진창과 서로 형, 동생을 하기로 했다.

친해진 김에 자주 연습 게임을 하기도 했다.

대부분은 강민허가 이겼다.

그럼에도 서진창은 자존심이 상한다든지 하는 그런 기분은 들지 않았다.

오히려 목표가 생겨서 더 기분이 좋다고 자주 언급했다.

"그나저나 백필이가 안 나와서 아쉽네. 한판 겨뤄보고 싶었는데."

"바쁘다니까요. 어쩔 수 없죠."

"우리, 출국은 언제지?"

"2주 후일 겁니다."

"미국이라. 오랜만에 가네."

"저도요."

강민허와 서진창은 이미 미국을 가본 경험이 있었다. 그러나 성진성은 이번이 처음이었다.

미국 이전에 해외에 나가는 것 자체가 처음이다.

"아, 여권 만들어야 하는데!"

성진성은 자신이 3위 안에 들 줄 몰라서 미리 여권을 신청하지 않았었다. 그냥 경험 삼아 나온 거다.

그런데 3위를 해버렸으니, 어서 빨리 여권을 신청해 둬야 했다. 기껏 3위를 차지했는데 여권이 없어서 미국에 못 갔다고 하면 조롱거리가 될 게 뻔했기 때문이었다.

*   *   *

강민허와 서진창, 그리고 성진성까지.

국가 대표로 출전할 선수 세 명이 확정되자, 커뮤니티에는 의외라는 의견이 컸다.

강민허와 서진창에 대해선 딱히 큰 이견은 없었다. 문제는 성진성이었다.

성진성이 이렇게 잘하는 선수였나 하는 의견이 지배적이었다.

국가 대표 선발전 대회는 공개 방송을 통해 진행되었다. 생

방송으로 진행되었기 때문에 실시간으로 모든 경기를 지켜본 게임 팬들은 성진성의 일취월장한 실력에 놀랄 수밖에 없었다.

그리고 국대 선발전으로 크나큰 이득을 본 쪽이 있었다.

바로 팀 ESA였다.

자그마치 두 명의 국가 대표를 배출하게 되었으니 허태균 감독뿐만 아니라 스폰서 측에서도 축제 분위기가 연출되었다.

세계로 뻗어 나가는 ESA 제품들! 생각만 해도 어깨춤이 들썩였다.

출국을 하루 남겨두고 있는 상황에서 강민허는 보육원에 들렀다. 윤민아는 기다렸다는 듯 강민허에게 다수의 짐을 떠넘겼다.

"이거 가져가."

"이게 뭔데?"

"반찬. 원장님이 직접 하신 거야. 미국 음식들은 다 느끼하다며? 그래서 김치류를 많이 넣었어. 오빠, 예전부터 원장님이 만들어주신 김치 엄청 좋아했잖아."

"그렇긴 하지. 그래도 몸도 많이 안 좋으실 텐데."

"나도 처음에는 내가 한다고 했었는데. 원장님이 직접 하고 싶어 하셔서 어쩔 수 없었어. 원장님 고집이 보통은 아니시잖아?"

"하긴. 원장님에게 잘 먹겠다고 전해줘."

"응. 그리고 내일 도착하면 꼭 연락하고."

"알았어."

원장과 윤민아, 보육원 아이들을 위해서라도.

강민허는 세계 속에 자신의 이름을 새겨 넣기로 했다.

*　　　　*　　　　*

출국 당일.

강민허, 서진창, 그리고 성진성과 함께 각 팀의 코치진들이 출국을 위한 준비를 서둘렀다.

이들과 함께 이동하게 될 인물이 있었다.

강민허의 연인, 이화영이었다.

원래 이화영은 방송국 사람들과 함께 미국으로 향할 예정이었다. 그러나 이전에 스케줄이 있어서 어쩔 수 없이 이화영은 선수들과 함께 후발대로 출발하게 되었다.

강민허와 이화영의 관계를 모르는 이는 없었다. 하늘도 이들이 커플임을 점지해 준 모양인지 비행기 좌석조차 붙어 있었다.

오랜 시간 비행기를 타고 공항에 도착한 이들.

공항에는 강민허를 환영한다는 피켓을 든 게임 팬들이 줄을 서 있었다.

비록 국내에서만 경기를 펼쳤던 강민허지만, 그의 경기는 수많은 게임 팬들을 매료하게 만들기에 충분했다.

손을 가볍게 흔들어주는 것만으로도 엄청난 환호성이 들려왔다.

이화영은 강민허를 바라보며 흐뭇하게 미소 지었다.

"민허 씨, 미국에서도 인기 많네."

"그러게."

코스프레를 한 미인 여성의 모습도 보였다. 이화영은 눈을 흘기며 강민허에게 주의를 줬다.

"그렇다고 다른 여자한테 눈 돌리면 안 돼."

"게임하러 온 거지, 여자 꼬시러 미국까지 온 건 아니니까."

강민허는 쓴웃음을 지었다.

내일 있을 경기는 강민허에게 있어서 굉장히 중요한 경기가 될 것이다. 트라이얼 파이트 7 이후 다시 한번 세계를 재패할 수 있을 것인가.

게임 관련 미디어들은 강민허의 행보에 주목했다.

강민허는 세계를 재패하기 위해 미국으로 넘어왔다.

다시 한번 밟게 된 미국 땅.

곧바로 숙소로 향한 강민허는 타국에서 온 선수들과 가볍게 인사를 나눴다.

강민허를 모르는 이는 없었다. 그만큼 그는 선수들 사이에서도 유명 인사로 손꼽혔다.

다음 날.

미국에 마련된 특설 경기장에 모습을 드러내기 시작하는 강민허. 현지에서도 강민허를 응원하는 목소리는 매우 컸다.

강민허는 손을 번쩍 위로 추켜올렸다. 그러자 팬들의 환호하는 소리가 배가되었다.

'그래, 바로 이거야!'

강민허는 오랜만에 느껴보는 기분에 텐션이 상승했다.

무대 위로 향하는 강민허.

같은 무대에 서 있는 선수들은 우승이라는 목표를 두고 경쟁을 벌일 프로게이머들이다.

이들을 쓰러뜨리고 강민허는 세계 최정상의 선수로 군림한다!

'자, 슬슬 몸 좀 풀어볼까?'

이제부터 다시 시작이다.

최고를 향하여!

『재능 넘치는 게이머』 완결